JN065656

[1]
岡村豊蔵
Toyozo Okamura
illust. Parum
ヒロインも悪役令嬢も
関係ない。
俺は乙女ゲー世界で
最強を目指す
恋愛魔法学院
LOVE & MAGIC ACADEMY

エリク・スタリオン
Eric Stallion
ロナウディア王国
第一王子
ソフィア・ビクトリノ
Sophia Victorino
ビクトリノ公爵家
令嬢
アリウス・ジルベルト
Arius Gilberto
ジルベルト侯爵家 子息

CHARACTERS
ミリア・ロンド
Milia Rondo
平民の少女(?)
バーン・レニング
Vern Lenning
グランブレイド帝国
第三皇子

「だから、反応が遅過ぎるんだよ」

赤竜が焔のブレスを吐く前に、
射線を避けて加速する。
赤竜はブレスを放ちながら、
射線を動かすけど。
ギリギリの距離で躱しながら、
距離を詰める。
巨大な身体の下に潜り込んで、
二本の剣を叩き込む。

恋愛魔法学院

ヒロインも悪役令嬢も関係ない。俺は乙女ゲー世界で最強を目指す

[1]

岡村豊蔵

Toyozo Okamura

illust. Parum

GC NOVELS

CONTENTS

No heroine or villainess involved,
I aim to be the strongest
in the world of otome games

プロローグ

「おまえって、面白い女だな」

俺の目の前で、金髪碧眼(へきがん)のイケメンが、純白の髪と紫紺の瞳の美少女を壁際に追い詰める。

所謂(いわゆる)壁ドンって奴だな。

「え……」

息が掛かるほど近づく二人の顔。周りの女子たちがキャーキャー騒いでいる……いや、本気(マジ)でウザいんだけど。

ここは乙女ゲー『恋愛魔法学院』、通称『恋学(コイガク)』の舞台であるロナウディア王国王立魔法学院。

『恋学(コイガク)』は主人公(ヒロイン)の平民の少女ミリア・ロンドが、王立魔法学院に入学するところから始まって。全寮制の学院生活を送りながら、王国の双子の王子や枢機卿の息子、帝国からの留学生の皇子といった、イケメンの攻略対象と恋愛イベントを繰り広げる物語(ストーリー)だ。

ちなみに、純白の髪で紫紺の瞳の美少女が主人公(ヒロイン)のミリア。金髪碧眼のイケメンは攻略対象の一人。双子の王子の片割れ、王国第二王子のジーク・スタリオンだ。

ここが乙女ゲーの世界だからか。ゲームではモブだった学院の生徒たちまで、授業なんかそっちのけで恋愛に現(うつつ)を抜かしている。だけど俺は恋愛なんて、興味ないからな。

放課後になると学院を抜け出して、俺が向かう先は――

「おまえらさ……遅過ぎるんだよ」

深い迷宮の奥。俺は巨大な竜の群れの中を駆け抜けながら、二本の剣で一体ずつ確実に仕留めていく。エフェクトと共に竜が次々と消滅して、魔石だけが残る。

乙女ゲーの世界に転生したからって、俺には関係ないんだよ。

俺は『恋学(コイガク)』の世界の攻略対象の一人、王国宰相の息子アリウス・ジルベルト。

乙女ゲーの世界に転生したけど。恋愛イベントなんてガン無視して、俺はダンジョンを攻略する――これはそういう物語(ストーリー)だ。

第1章

乙女ゲーの世界なんて興味ないから

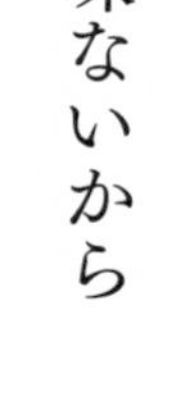

Love &
Magic Academy

赤ん坊の泣き声。それが俺の声だと気づくまで、少し時間が掛かった。

白いシーツに、柵に囲まれたベッド。泣いている赤ん坊が俺で。つまり俺は転生したってことだ。

俺は理系の大学院を卒業してからも、研究員として大学に残って、人工知能（AI）の研究をしていた。

俺が研究していたのは、今流行（はや）りのチャットボットとかじゃなくて。人格や感情がある本物の人工知能（AI）だ。

企業なら、そんな金にならないモノの研究なんてさせて貰えないけど。大学なら許される。

俺は元々凝り性な性格で。ゲームも一度始めたら、のめり込んで徹夜するタイプだ。

だから大学で始めた人工知能（AI）の研究もどっぷりのめり込んで、寝る間を惜しんで研究を続けた。

それでも学生のうちは、自分の研究だけをしていれば良いから問題なかったけど。研究員として就職してからは、教授の論文の手伝いとか。自分の研究以外の仕事もやる必要があった。だから睡眠時間をさらに削るしかなくて。徹夜を一週間以上続けたら、突然視界がブラックアウト。

二〇代で過労死とか、本気（マジ）で洒落（シャレ）にならないけど。俺の場合はやりたいことをやった結果だから、後悔はしていない。

「アリウス、どうしたの？」

プラチナブロンドに氷青色（アイスブルー）の瞳の女子が、俺を抱き上げる。

年齢は二〇歳前後で、綺麗と可愛いが同居する物凄い美人だ。プラチナブロンドの美人は俺をあやしながら、何故か不思議そうな顔をする。

だけどそんなことよりも、俺はこの美人に見覚えがある。

それにアリウスって名前……

「レイア、アリウスがどうかしたのか？」

続いてやって来たのは、銀髪碧眼（へきがん）のインテリ系イケメン。年齢はレイアと同じくらいだけど、俺はこのイケメンにも見覚えがある。

「ダリウス。アリウスの泣き声が聞こえたから、急いで来たんだけど。私が来たときには、もう泣き止んでいたのよ」

父親がダリウスで、母親がレイア。そして子供の俺がアリウスってことは……

俺は『恋学（コイガク）』のアリウス・ジルベルトに転生したのか。

『恋愛魔法学院』、通称『恋学（コイガク）』は所謂（いわゆる）乙女ゲーだ。

俺は乙女ゲーには全然興味ないけど。『恋学（コイガク）』だけは、幼馴染（おさななじみ）に無理矢理付き合わされて、全ルートクリアしている。

俺が転生したアリウス・ジルベルトは『恋学（コイガク）』の攻略対象の一人だ。

『アリウス・ルート』には両親のダリウスとレイアが登場するし。幼馴染から『恋学（コイガク）』のキャラや設定のことを散々聞かされたから、俺は今でも全部覚えている。

だけど『恋学（コイガク）』の世界に攻略対象として転生したってことは、俺はゲームと同じように王立魔法学院に入学して、乙女ゲーのイベントに巻き込まれるのか？

恋愛のことしか考えていない『恋学（コイガク）』の主人公（ヒロイン）や、『恋愛脳』な攻略対象たちに囲まれた学院生活なんて。本気で嫌なんだけど。俺は恋愛に興味ないからな。

俺は前世で死ぬまでの二五年間、恋愛をしたことがない。

女子と付き合う時間があるなら、自分の好きなことをやりたいんだよ。

まあ、アリウスが王立魔法学院に入学するのは一五歳だからな。

まだ時間に余裕があるし。今の俺は生まれたばかりの赤ん坊で、他にやることもないから。

これからのことを、じっくり考えることにした。

『恋愛魔法学院』の舞台は、タイトルに『魔法』と入っているようにファンタジー世界で。魔法や魔物が普通に存在する。

しかも『恋学（コイガク）』にはダンジョン攻略イベントがあるから、『恋学（コイガク）』のキャラには乙女ゲーに関係ないＨＰやＳＴＲなどのステータスが設定されていて。

ダンジョン攻略イベントで魔物を倒すと、普通にレベルが上がる。レベルアップしてもゲーム攻略には一切関係ないけど。

幼馴染に聞いた話だと、『恋学（コイガク）』はオーソドックス過ぎて没になったＲＰＧのシステムと設定を引き継いでいるらしい。

転生したこの世界にもレベルやステータスがあるなら、俺としては乙女ゲーのイベントよりも、そっちの方に余程興味がある。

試しに『ステータスオープン』と心の中で叫んでみたら、本当にステータス画面が表示された。

今は赤ん坊だから、ステータスは低いけど。『恋学（コイガク）』の攻略対象のアリウスは無駄にハイスペックだったからな。赤ん坊の頃から鍛えれば、滅茶苦茶強くなるんじゃないか？

赤ん坊だから、ステータス画面にはスキルも魔法も表示されていない。だけどＭＰがあるから魔力は使える筈だ。

魔力を動かすイメージを思い浮かべたら、感覚だけで魔力を操作することができた。さすがはアリウス、赤ん坊でもハイスペックだな。

しばらく魔力を操作して解ったんだけど。この世界はゲームと違って、レベルアップすると勝手にステータスが上がるんじゃなくて。ステータスを上げることでレベルが上がる。

例えば魔力を操作することで、ＩＮＴやＭＰが上がって。身体に負荷を掛けることで、ＳＴＲやＤＥＦ、ＨＰが上がる。そしてステータスの合計が一定になると、レベルが上がった。

俺は魔力で負荷を掛けて、身体を鍛えることにした。赤ん坊が身体を鍛えてどうするんだって話だけど。鍛えれば成長が早くなると思ったんだよ。

結果はその通りで。俺が歩けるようになるまでに、それほど時間は掛からなかった。

「あの……剣術と魔法を教えて欲しいんだけど」

生後三ヶ月で歩けるようになって、いきなり喋り出した俺に。父親のダリウスと母親のレイアは唖然とした。

だけど化物扱いされることはなくて。

「レイア……うちのアリウスは天才だな！」

「そうね、さすがは私とダリウスの子供よ。アリウス、剣でも魔法でも教えてあげるわ！」

むしろ喜んで、俺が望むままに何でも教えてくれた……完全に親馬鹿だよな。

父親のダリウスは『恋学（コイガク）』の舞台になるロナウディア王国の宰相で、母親のレイアは宰相夫人だ。

二人ともアリウスの親らしくハイスペックで。何でも解りやすく教えてくれるから、剣術と魔法の基礎は直ぐに身についた。

この世界の魔法はプログラムに似ている。

呪文はプログラム言語のようなもので、呪文を唱えることで魔法を構成するパーツを形成して。パーツを組み合わせることで、魔法を発動する。

魔法を構成するパーツは、魔力で作る回路のようなモノだから。慣れてくれば呪文を唱えなくても、イメージだけでパーツを作ることができる。

これが詠唱短縮で、さらに魔法の構造全体をイメージで構築できるようになれば、無詠唱で魔法を発動できる。

スキルの方は同じことを繰り返すことで、自動発動する回路ができあがるイメージだ。

例えば剣を繰り返し振ることで、剣術のスキルを覚える。

剣に炎を纏（まと）わせたり、斬撃を飛ばせるようになるのは、スキルにも魔力を使うからだ。

魔法やスキル以外にも、この世界の戦闘では魔力を使うことが基本だ。

無意識に魔力を纏うことで、身体が強化される。人間が生身で巨大な魔物を倒したり、攻撃を受けても耐えることができるのは、魔力を纏っているからだ。

ちなみにこの世界の技術は、中世よりも発展している。

灯（あ）かりや調理用の魔導具が普及していて、活版印刷による本も普通に売っている。窓も鎧戸じゃなくてガラス窓だ。

あとは如何（いか）にもファンタジー世界って感じなのは、飛空艇があることだな。

移動手段のメインは馬車や船だけど。ロナウディア王国には、国と国を結ぶ飛空艇による定期便や、王族専用の飛空艇が存在する。

この世界でしばらく過ごして解ったのは、やはりここは『恋学（コイガク）』の世界だということだ。

レベルアップでステータスが上がるんじゃなくて、その逆とか。リアルとゲームの違いはあるけど。世界観とかゲームシステムがリアルで再現されている感じだ。

仮にこの世界がゲームのように誰かが作ったモノだとしても。俺はこの世界の奴らを只のゲームのキャラだとは思わない。

目の前にいる奴らは確かに存在している。こいつらには感情があるからな。

俺が二歳になる頃には、ステータスとレベルがそれなりに上がって。魔法やスキルも実戦レベルで使えるようになった。

だから俺は力試しをするために、両親がいないタイミングで家を抜け出すことにした。

『索敵（サーチ）』スキルを覚えたから、魔物を探し出すことは簡単だった。

『索敵（サーチ）』は効果範囲内の魔力を持つ者を感知できるスキルで、相手の魔力の大きさも解る。魔力が全てじゃないけど、基本的には魔力が大きい奴ほど強い。

俺が森の中で見つけたのは、猪（いのしし）の魔物ワイルドボアだ。

突進して来るワイルドボアに、俺は冷静に『火焔球（ファイヤーボール）』を放つ。

『火焔球（ファイヤーボール）』は第三界層の範囲攻撃魔法だ。

『恋学（コイガク）』は没になったＲＰＧのシステムを流用しているだけあって、最高で第一〇界層までの様々な魔法が存在する。

ゲームだと使えるようになるのは、せいぜい第四界層魔法までだけど。

直径二〇ｃｍの炎の塊は、ワイルドボアに直撃すると爆発して。灼熱の炎が魔物の身体を焼き尽くした。

なんか呆気なく勝てたけど。それだけ俺（アリウス）がハイスペックってことか。

ちなみに最初の獲物に獣型の魔物を選んだ理由は、人型を殺すよりも罪悪感が少ないからで。『火焔球（ファイヤーボール）』を使ったのは、消し炭にしないと子供には死体の処理が難しいからだ。

ダンジョンの魔物は倒すと魔石だけ残して消滅するけど。野外の魔物は普通に死体が残る。

これは父親のダリウスに教えて貰ったんだけど。少なくとも野外の魔物はその通りだった。

ダンジョンの魔物の方は、そのうち試してみるか。


それからも、俺は度々家を抜け出して、鍛練の成果を試した。

剣術については、最初のうちは身体の成長が追いつかないから。イメージトレーニングで、理に適った動きを憶えた。

理屈を先に憶えたから、身体が成長すれば上達するのは早かった。

魔法の方は特に苦労することはなかった。

魔力操作で魔力を増やしながら、手当たり次第に魔法を憶える。

五歳になる頃には、第五界層魔法まで一通り使えるようになった。

ゲームで使えるようになる魔法は、せいぜい第四界層までだから、すでに俺(アリウス)はゲームよりも強くなったのかも知れない。

だけど比較対象が両親しかいないから、イマイチ良く解らないんだよ。

父親のダリウスも母親のレイアも、第五界層魔法なんて余裕で使えるからな。

俺が成長したことを、両親も認めてくれたらしく。剣と魔法を教える家庭教師を雇ってくれることになった。

　スペック的には、まだ両親でも十分俺に教えられるけど。王国宰相と宰相夫人は多忙だから、時間的に制約があるからな。

「なあ、ダリウス。おまえは子供ができたら、親馬鹿になると思っていたが……まさかこれほどとはな」

　顎鬚（あごひげ）を生やした二〇代後半の野生系（ワイルド）イケメンが呆れた顔をする。

　鋼のように鍛え上げられた身体は服の上からでも解った。

「全くよ。自分の子供が天才だなんて、良く言えたモノね。その上、家庭教師をしろとか、私たちを舐めているでしょう？」

　女の方は黒髪に黒い瞳のミステリアスな感じの美人で、二〇代半ばくらいに見える。

　高級そうな赤いローブを纏っていて、如何にも魔術士って感じだな。

「グレイもセレナもそんなことを言うなよ。まあ、俺が親馬鹿なことは認めるけど」

「そうね。私も自分が親馬鹿という自覚はあるわ。だけどアリウスが天才なのは本当のことよ」

　父親のダリウスは銀髪碧眼の知的系（インテリ）イケメンで。母親のレイアはプラチナブロンドに氷青色（アイスブルー）の瞳の完璧美女。

　俺（アリウス）の両親は見た目もハイスペックで、目の前の二人に負けていない。

「レイアまで……まあ、良いわ。今日くらい、昔のよしみで二人の親馬鹿に付き合ってあげるわよ。王国宰相なんて堅苦しい仕事に就いているダリウスは可哀そうだし。レイアも社交界の付き合いにウンザリしているでしょうから」

「そうだな。子供ができちまったら、昔みたいに一緒に冒険に行こうなんて誘っても無理だからな。子供の自慢話くらいは聞いてやるよ」

なるほど、四人は昔からの知り合いなのか。

それにしても俺の両親が元冒険者だなんて知らなかったな。今度、詳しく訊いてみるか。

「ふーん……随分と好き勝手に言ってくれるわね。だけどアリウスの実力を見た後も、同じことが言えるかしら？　ねえ、アリウス。二人に貴方の魔法を見せてあげて」

「はい、母さん」

俺が魔法を発動すると、放電現象を起こす光球が出現する。

「嘘……第五界層複合属性魔法の『雷光（プラズマティッククレイ）』じゃない！　しかも無詠唱で……レイアが発動した訳じゃないのよね？」

「セレナ、それくらい貴方なら解るわよね」

レイアは勝ち誇るような笑みを浮かべる……やっぱり、親馬鹿だよな。

それにしても、無詠唱はめずらしいのか。

両親も無詠唱で魔法を発動するし、俺も初めからできたから普通だと思っていたよ。

「アリウス、次は剣術だ」

「父さん、解りました」

『雷光（プラズマティッククレイ）』を消して、今度は子供用の剣を抜く。

今の俺は五歳だけど、魔力で鍛えることで成長が促進されたからな。身長は一二〇ｃｍを超えているし、筋力も付いたから子供用の剣なら普通に振れる。

『身体強化（フィジカルビルド）』『飛行（フライ）』『加速（ブースト）』と魔法を連続発動させる。身体能力とリーチの差を補うためだ。

ちなみに『身体強化（フィジカルビルド）』は第一界層、『飛行（フライ）』と『加速（ブースト）』は第三界層魔法だ。

「準備ができたみたいだな。アリウス、掛かって来いよ」

グレイが不敵に笑う。

「はい。お願いします」

俺は片手剣スキル『閃光剣（ソードスラッシュ）』を発動させると、一気に距離を詰めてグレイの足元を狙う。

足元は一番避け難（にく）い場所だし、魔法で強化したパワーとスピードは大抵の大人に負けない。

だけどグレイは軽々と受けて、俺を弾き飛ばした。

「へえー、結構やるじゃねえか。狙いも悪くねえが、馬鹿正直に正面から仕掛けるなよ」

俺は素早く飛び回りながら、不規則な動きで何度も攻撃を仕掛ける。使えるスキルも全て試した。

だけどグレイは全部余裕で受けて、最後は俺を床に捻じ伏せる。

「ちょっと、グレイ！　子供相手に何をするのよ！」

怒りのままにレイアが発動した『雷光(プラズマティッククレイ)』は、俺が発動したモノの数倍の大きさだ。物凄い勢いで放電しているし、こんなのが直撃したら即死するな。

「おい。レイア、落ち着けって！　アリウスに怪我なんてさせてねえからな。それにしても……本当に五歳かよ。アリウス、気に入ったぜ」

グレイは豪快に笑いながら、俺に手を差し伸べる。

「なあ、レイア、ダリウス。馬鹿にして悪かったな。アリウスの家庭教師の話、俺は引き受けるぜ」

「私も……アリウス、貴方のことを信じなくてごめんなさいね。お詫びに私の技術の全てを教えてあげるわ」

こうしてグレイとセレナが俺の家庭教師になった。

二人が世界屈指の冒険者だと知ったのは後の話だけど。

ステータス

アリウス・ジルベルト　五歳

レベル：２５

ＨＰ：２５５

ＭＰ：４５５

STR：85
DEF：82
INT：118
RES：98
DEX：85
AGI：82

宿屋の部屋に戻ると、俺とセレナは作戦会議を始めた。

ダリウスは泊っていけと言ったが、冒険者の俺には貴族の邸宅って奴が性に合わないからな。安宿の硬いベッドと埃っぽいシーツの方が落ち着く。

「五歳で二五レベル。その上ステータスは、こいつは何者なんだよって高さだ。天才の一言で片づけて良い話じゃねえな」

俺がアリウスの能力を知っているのは、『鑑定（アプレイズ）』したからだ。

『鑑定（アプレイズ）』は自分よりもレベルが低い相手のレベルやステータスを見抜くスキルだ。レベルの差が大きければ、相手が使えるスキルや魔法まで解る。

ダリウスとレイアがパーティーを抜けてから、俺とセレナはずっと二人で冒険を続けている。だから万能型になることは必須で、二人とも一通りの魔法とスキルが使える。

勿論、得意不得意はあるが。

「アリウスはわざと子供らしく振舞っていたけど。精神的にも、とても五歳の子供とは思えないわね。もしかして転生者……まあ、あり得ない話じゃないけど」

この世界には転生者が実在する。

未知の知識や特別な力を持っていたりと、どう考えても転生者としか思えない奴が稀にいるんだ。

「もし転生者だとしても、ダリウスとレイアの子供には違いねえからな。そんなことよりもだ。アリウスは鍛え甲斐がある奴だと思うぜ。才能があるのも確かだが、五歳で二五レベルになるには相当鍛錬を積んだってことだからな」

ダリウスとレイアがスパルタで鍛えた訳じゃないって話だからな。アリウスが自主的に鍛錬したってことだ。

「才能がある上に努力家。そういう子は私も好きよ。技術と経験はまだまだみたいだけど、だからこそ鍛え甲斐があるわね」

負けん気の強さも、強くなるにはプラスだ。アリウスは俺が格上なのを承知の上で、本気で挑んできた。

ダリウスとレイアの親馬鹿に付き合うのは、馬鹿らしいと思っていたが。俺もセレナも今じゃ完全に乗り気だ。

「まあ、五歳のガキだと思わずに鍛えろってことだ。下手にガキ扱いすると、潰しちまう可能性があるからな」

甘やかせば増長するし、過保護にすれば経験の機会を奪うことになる。

年齢なんて関係なしにビシビシ鍛えてやらねえと。

「そうね。グレイは意外と子供に甘いところがあるから、気を付けないと」

「ああ、解っているぜ。だがアリウスの家庭教師をやる間は、俺たちも冒険者を休業するしかねえな」

片手間で家庭教師をやるつもりはない。引き受ける以上はこっちも真剣にやらねえと。

「あら、そんなことないわよ。私とグレイのどちらかがアリウスに教えている間、もう一人がソロでダンジョンに行けば良いだけの話だわ。私たちは『転移魔法（テレポート）』が使えるんだから問題ないわよ」

「なるほど、確かにそうだな。そうすれば俺たちの腕もなまらねえし」

「ええ。アリウスを実戦に連れて行くときは、さすがに二人で一緒に行った方が良いと思うけど。普段教えているときは、どうせ一人ずつ教えることになるから」

あとは俺たちが本気でアリウスを鍛えることに関して、ダリウスとレイアに了解を取っておく必要があるな。

まあ、あいつらだって俺たちに家庭教師を依頼した以上、どういうことになるか解っているだろうが。


翌日。早速ダリウスの家に再び押し掛けて、アリウス抜きで二人に話をする。

「……という訳で、俺たちはアリウスを一切ガキ扱いしないで徹底的に鍛えるつもりだ。問題ねえよな？」

「ああ、勿論だ。子供扱いしても本人のためにならないからな。親の贔屓目じゃなくて、アリウスが只の子供じゃないことは俺たちだって解っているさ」

ダリウスの言葉にレイアが頷く。

なるほど、こいつらもアリウスが転生者だって可能性に気づいているってことか。

まあ、自分たちの子供だから、気づかねえ筈はねえか。

「ねえ。アリウスを鍛える目的は、あの子を冒険者にするためなの？　冒険者以外にも、強さを求められる職業は幾つもあるけど。何れにしても、戦いの道に進ませるのよね」

セレナが真剣な顔で問い掛ける。

「それは本人が決めることだ。まあ、アリウスは冒険者になることを望んでいるみたいだけどな」

「そうね。アリウスが望むなら、反対する理由はないわよ」

ダリウスとレイアの回答に、セレナは納得していない。

「だったら、もっとストレートに訊くけど。アリウスが人を殺すことも認めるって考えて良いのよね。二人なら解っていると思うけど、戦いの道に進むなら人を殺すことを避けて通れないわよ」

「ああ。そういうところが、親だとどうしても甘くなるからな。グレイ、セレナ。アリウスが生きていくために必要なことを、全て教えてやってくれないか」

「グレイ、セレナ。私からもお願いするわ」

二人が深々と頭を下げる。とうに覚悟は決めているってことか。

なら俺たちが躊躇（ちゅうちょ）する理由はねえな。

「解ったぜ。一切合切ガキだって容赦しねえで、アリウスを徹底的に鍛えてやるよ」

そうと決まれば、早速始めるとするか。

「なあ、アリウス。おまえは五歳にしては破格に強い。大抵の大人には負けねえだろう。だが俺に言わせれば、魔力の量が多いことに胡坐（あぐら）を掻いて、魔力操作が雑過ぎて話にならねえし。

技術も経験も全然足りねえな」

家庭教師初日。俺はグレイにダメ出しされた。

「俺はダリウスやレイアみたいに甘くねえぜ。おまえを徹底的に鍛えてやるよ」

グレイの授業は模擬戦から始まって、俺のダメなところを容赦なく指摘する。

滅茶滅茶厳しいけど。指摘するだけじゃなくて、実際に手本を見せてくれるから解りやすい。だけど要求するレベルが高いから、そう簡単に実践できるものじゃない。

俺は何度もダメ出しされながら、できるまで繰り返し練習した。

「魔力を如何に正確に効率良く使うかによって、魔法の威力も精度も大きく変わるわ。魔法を憶えるのは、あくまでもスタートラインよ。使えるだけじゃ、実戦で使い物にならないわ」

セレナの要求するレベルも高い。同じ魔法を発動しても、俺とセレナじゃ全く別物に見える。

セレナが求めるレベルになるまで、第一界層魔法から俺は魔力操作を徹底的に叩き込まれた。

この世界の魔法やスキルは、ゲームみたいに簡単に習得できない。リアルに学ぶことで使えるようになって、練習や実戦で使うことで上達する。

ステータスもレベルアップで勝手に上がる訳じゃない。鍛錬したり、実戦で能力を使うことで初めて上がる。

例えばＳＴＲなどフィジカル系ステータスは、筋トレや戦闘を繰り返すことで。ＩＮＴは勉強したり、魔法を使うことで上がるんだよ。

あとは俺自身のレベルの話だけど。俺はステータスの合計でレベルが決まるとは思っていたけど。グレイ曰く、人のレベルは総合的な強さを表す指標らしい。

だけど俺のステータスの数値は、レベル平均の二倍以上あるそうだ。

これじゃレベルが全然強さの指標になっていない気がするけど。俺が異常なだけで。普通は得意不得意によってステータスにバラつきはあるけど、一定の枠内に収まるそうだ。

まあ、俺みたいに赤ん坊の頃から鍛える奴なんて、他にいないだろうからな。ステータスがバグっても仕方ないか。

鍛錬と模擬戦の次は実戦だ。

最初はオークの塒（ねぐら）に『転移魔法（テレポート）』で連れて行かれた。

「アリウス、俺とセレナは一切手出ししねえからな。おまえ一人で殲滅（せんめつ）しろよ」

俺だって魔物と戦ったことくらいある。父親のダリウスと母親のレイアがいないときに家を抜け出して、魔物を狩っていたからな。

だからオークくらい余裕だと思っていると。

「言い忘れたが、攻撃魔法は禁止だぜ。全部剣だけで倒して来いよ」

結構大きい塒だから、オークの数は一〇〇体を超えているだろう。

それを攻撃魔法なしで殲滅するのか……面倒だけどやるしかないな。

『身体強化（フィジカルビルド）』『飛行（フライ）』『加速（ブースト）』と無詠唱で魔法を連発して駆け抜ける。

魔力を付与した剣がオークを真っ二つにしていく。

塒にいたのは普通のオークだけじゃなくて。オークメイジにプリースト、護衛役のオーガーまでいた。

だけどオークの魔法くらい、第三界層魔法『対魔法防御（アンチマジックシールド）』で防げるし。魔法で強化した俺は、オーガーにも力負けしなかった。

前世でシミュレーションゲームや、ＭＭＯＲＰＧにハマった時期があったからな。敵に囲まれるようなヘマはしない。

周りの敵の位置を把握しながら、一体ずつ確実に仕留めていく。

数の暴力と遠距離攻撃に対して、俺はどうにか剣だけで殲滅した。

「まあ、アリウスならこれくらいは当然よね」

次に実戦を行なった場所は、深い森の中だ。

セレナが第五界層魔法『魔物の呼び声（コールモンスター）』を発動すると。唸り声を上げながらブラックウルフの群れが集まって来る。

「今度は、剣は禁止よ。殴り殺すのも駄目だから。魔法だけで戦いなさい」

だったら最初に言ってくれよと思う。もうブラックウルフが目の前に迫っているんだけど。

セレナ曰く、接近戦に弱い魔術士なんて失格らしい。相手の攻撃は防御魔法で防げば良いし。

ゼロ距離で攻撃魔法を放てば問題ないそうだ。

俺は第三界層魔法『結界（サンクチュアリ）』を展開してから、第一界層魔法『焔弾（ファイアバレット）』を連発する。

距離が近過ぎて、範囲攻撃魔法だと自分も巻き込まれるからな。単体攻撃魔法で数を削るしかない。

セレナに魔力操作を叩き込まれたことで、俺の魔法は威力も速度も精度も格段に上がった。

時速三〇〇ｋｍを超える『焔弾（ファイアバレット）』を連射して、ブラックウルフを次々と仕留めていく。

だけど幾ら倒しても、どんどん集まって来るんだよな……って、おい。セレナがまた『魔物の呼び声（コールモンスター）』を発動しているんだけど。

「ねえ、セレナさん。何度も魔物を呼ぶと、キリがないんですけど」

「あら、そんなことないわよ。森中の魔物を全滅させたら終わりじゃない」

あのなあ……まあ、やるしかないか。

ブラックウルフだけじゃ力不足だと思ったのか。キラーベアにマッドタイガーとか、結構洒落にならない大型の魔物までどんどん集まって来る。

それでも今の俺なら『焔弾（ファイアバレット）』で倒せる。ヘッドショットで頭を吹き飛ばすか、心臓を狙って、胸に風穴を空けるだけの話だ。

結局三〇〇体以上の魔物を殲滅することになった。

普通ならＭＰ切れになるところだけど、俺のＭＰにはまだ余裕がある。

俺のＭＰが多いってのもあるけど。確実に命中させるから、魔法の無駄撃ちがないし。魔力効率が上がったことで、同じ魔法を使ってもＭＰの消費量が減ったんだよな。

とまあ……こんな感じで、俺は毎日のように魔物の群れと戦うハメになった。回数を重ねる度により強い魔物と戦わされたけど、決して倒せない相手じゃなかった。

俺が成長しているのは確かだけど。グレイとセレナが俺の力を見極めて、ギリギリ勝てる相手を選んでいるからだろうな。

「そろそろ頃合いだな」

グレイとセレナが家庭教師になって、一ヶ月ほど経った頃。俺は荒野に連れて行かれた。

少し離れた場所に洞窟があって。良く見ると、見張り役のガラの悪い男二人が入口に潜んでいる。

「あの洞窟にいるのは、最近噂になっている盗賊団だ。つい最近も隊商を襲って、皆殺しにした。討伐依頼が出ているから、殺しても問題ないぜ」

グレイが真剣な顔で俺を見る。

「アリウス。冒険者になるなら、人を殺せないと生き残れないぜ。五歳には酷な話だが、おまえは只のガキじゃねえからな。この一ヶ月、おまえを見ていて良い頃合いだと判断したんだよ」

「ダリウスとレイアの許可は貰っているけど、無理しなくても良いのよ。アリウスには貴族として生きる道もあるんだから、強制するつもりはないわ」

前世の俺は勿論、人を殺したことなんてないし。ここは『恋学』の世界だけど、俺にとってはリアルだ。

今の俺は五歳だけど。前世で死んだのは二五歳だから、精神的には三〇歳だ。人を殺すことの意味は勿論、理解している。

悪人だから殺して構わないだなんて、単純思考するほど俺は馬鹿じゃない。それに俺の性格だと、人を殺したら後悔するのは解っているけど……

「グレイさん、セレナさん……俺、やります」

俺は『恋学』の世界に、攻略対象の一人であるアリウスとして転生した。だけど俺は『恋愛脳』な連中と学院生活を送ることなんて望んでいない。

だったら覚悟を決めるのは、今だろう。俺は『恋学』の攻略対象として生きるんじゃなくて、冒険者として強くなってやる。

盗賊たちには悪いけど、俺の踏み台になって貰う。

洞窟の中に攫われた人がいるかも知れないから。範囲攻撃魔法を使わないで突入する。

『不可視化（インビジブル）』と『無音（ミュート）』を発動して、見張りの背後に回る。俺は無言で、二人の首を刎（は）ねた。

初めて人を殺した感触。だけど今は何も考えないことにする。

洞窟の中には一〇〇人近い盗賊がいた。

俺は単体攻撃魔法と剣で、盗賊たちを確実に仕留めていく。

金属鎧を着た奴が何人かいたけど、大半はせいぜい革鎧だ。

武器もクロスボウを使う奴が五人。あとは鉈（なた）やショートソードばかりだった。

俺はもっと強い魔物を倒して来たからな。戦力的には問題ない。

他に誰も動く者がいなくなって。俺は盗賊を全滅させたことに気づく。

攫われた人はいなかったから、結果論で言えば範囲攻撃魔法を使った方が楽だったけど。

そんなことよりも、今も残っている命を奪った感触……人を殺してしまったという後悔は、自分で決めたことだから、受け止めるしかない。

戦いが終わっても、グレイとセレナは何も言わなかった。自分で考えて答えを出せってことだろう。

しばらくは眠れない夜が続きそうだけど……俺は必ず乗り越えてみせる。

ステータス
アリウス・ジルベルト　五歳
レベル：42
HP：434
MP：585
STR：136
DEF：133
INT：188
RES：160
DEX：136
AGI：134

人を殺してしまったことを自分の中で、どうにか折り合いをつけられるようになった頃。父親のダリウスと母親のレイアが、俺の社交界デビューの話をした。

ロナウディア王国の貴族の多くが、五歳で社交界にデビューするらしい。今度王宮で開かれるパーティーに、俺も行かないかと誘われた。

これがダリウスとレイアの気遣いだということは、俺にも解る。盗賊たちを殺してからしばらく、俺は普通じゃなかったからな。二人から見ても、それはモロ解りだっただろう。

あのタイミングでパーティーに誘われても、とても行く気にはならなかった。だけど今なら気分転換として、軽い気持ちで行くことができる。

さすがは親ってところか。ダリウスとレイアは、俺のことを良く見ているよな。

「父さん、母さん。気を遣ってくれてありがとう」

俺が礼を言うと、二人は優しい笑みを浮かべる。

「おまえが何を抱えていたのか、グレイとセレナから話は聞いている。アリウス、よく頑張ったな」

「アリウス、ごめんなさいね。貴方が自分で乗り越える必要があったから、私とダリウスは何もしてあげることができなかったのよ」

「母さん、解っているよ。あのとき慰められたら、自分を誤魔化していたかも知れないからね。俺を見守ってくれて、ありがとう」

「アリウス……」

母親のレイアが俺を抱き締めて、父親のダリウスが頭を乱暴に撫でる。

ちょっと照れ臭いけど。このとき俺はダリウスとレイアの子供に転生して、本当に良かったと思った。

パーティーが行われる日が来て。俺たちは馬車で王宮に向かう。

この世界の正装は、男は前世のようにタキシードじゃなくて。ジャケットとスラックスというスタイルなら、色やデザインは自由だ。その分、センスが求められるみたいだけど。女子の正装がドレスなのは変わらないらしい。

俺は銀糸で刺繍された濃い青の上着に、スリムなシルエットのズボン。

父親のダリウスは同じデザインの黒の上下。母親のレイアはシンプルなデザインの水色のドレスを着ている。

「アリウス、おまえには貴族としての礼儀作法を一通り教えたからな。おまえなら完璧にこなせるだろう」

「そうね。アリウスなら陛下の前でも何の問題もないわ。とても五歳には見えないわね。もう立派な紳士よ」

手放しで褒められると照れ臭いけど。俺は転生者だし、五歳でもそれなりの経験をしたからな。国王の前だからと、物怖じするつもりはない。

馬車が王宮に到着して。俺は父親のダリウスと母親のレイアと一緒に馬車を降りる。

『恋学（コイガク）』の舞台であるロナウディア王国は、この世界の大国の一つで。豪華な白い石造りの王宮は、ゲームに出て来るようなイメージ通りだ。

父親のダリウスは王国宰相で、母親のレイアは宰相夫人だから。俺たちはノーチェックで王宮の中に通される。

広い廊下を歩いていると。当然だけど、王宮の使用人たちや、警備をしている鎧姿の騎士や兵士を見掛ける。

だけど俺は使用人の中に、さりげなくダリウスと目配せする奴がいることに気づく。

『索敵（サーチ）』を発動すると、その使用人は他の奴よりも魔力が明らかに大きい。父親のダリウスや母親のレイアほどじゃないけど。

俺は小声でダリウスに声を掛ける。

「父さん。今の黒髪の使用人は、父さんの知り合いなの？　それに使用人なのに、騎士よりも強そうだね」

ダリウスは苦笑して、俺の耳元で囁く。

「アリウスに掛かったら、俺の部下も形無しだな。あいつは王国諜報部の人間で、使用人に紛れて警備をしているんだ。俺が後で文句を言っておくから、おまえが気づいたことは内緒にしてくれ」

これは後で聞いた話だけど。王国宰相のダリウスは、王国諜報部を指揮下に置いていて。諜報活動や要人の警護など、様々な任務の指揮をしている。

母親のレイアも立場的には宰相夫人だけど。元冒険者の能力を生かして、諜報部の活動や王国魔法省の仕事に関わっている。


パーティー会場の王宮の広間には、すでにたくさんの貴族たちがいて。王宮で開かれるパーティーには相応しい豪華な料理と酒が並べられていた。

パーティーには爵位が低い貴族が先に来るのがマナーで。父親のダリウスの爵位は侯爵と、上から二番目だから、多くの貴族が先に来ているのは当然らしい。

王国宰相で侯爵のダリウスの到着に、周りの貴族たちが挨拶するために集まって来る。俺は両親に促されて、貴族たちに挨拶した。

「王国宰相ジルベルト侯爵の嫡男、アリウス・ジルベルトです。皆さん、よろしくお願いします」

周りの貴族たちよりも、父親のダリウスの方が爵位は上だけど。爵位が上なのは、あくまでも父親のダリウスで。俺は侯爵の子供に過ぎないからな。

別にへり下る必要はないけど、不遜過ぎるのも良くない。だから俺は口調は丁寧に、だけど堂々と挨拶した。

俺の身長は一二〇ｃｍを超えているから、五歳だと言うと驚かれたけど。同時にとても五歳とは思えないほど、しっかりしていると褒められた。

まあ、俺は転生者だから当然だけど。父親のダリウスと母親のレイアに恥を掻かせることはなさそうだな。


広間にいる貴族たちに挨拶しているうちに。ロナウディア王国の最上位貴族である三大公爵が次々と到着した。

ロナウディア王国にはヨルダン、クロフォード、ビクトリノという三つの公爵家があって。三大公爵は国王に次ぐ権力を持っている。

父親のダリウスは王国宰相だから、実権としては公爵よりも上だけど。爵位は侯爵だからな。公爵たちとは微妙な力関係だ。

三大公爵が計ったように同じタイミングで登場したのは、先に来る方が格下だと思われるけど。国王よりも遅く来る訳にもいかないから、どの公爵もギリギリのタイミングを狙っているからだ。

まあ、俺がロナウディア王国の貴族社会に詳しいのは、父親のダリウスと母親のレイアに教えて貰ったからだけど。

ちなみに三大公爵と言っても対等じゃなくて。上からヨルダン、クロフォード、ビクトリノの順だ。俺たちもヨルダン公爵から順番に挨拶に行く。

ヨルダン公爵は金色の髪と髭を整えた三〇代半ばのイケメンで。ゲームでは攻略対象の一人であるロナウディア王国第一王子エリクの攻略ルートに登場する。

ゲームでのヨルダン公爵は、エリクを罠に嵌(は)める悪役で。『恋学(コイガク)』の主人公(ヒロイン)がエリクと一緒に立ち向かうイベントが発生する。

まあ、悪役と言っても、所詮は乙女ゲーの登場人物だからな。エリクに嫌がらせをする程度だけど。

次のクロフォード公爵は、ガタイの良い四〇代のオッサンで。公爵本人はゲームに登場しないけど。

「貴様がダリウス宰相の息子か。宰相の息子なら、自分の立場を弁えろ！　我々大貴族の役目は、王家を支えることだからな！」

親の受け売りのような台詞を偉そうに言うのは、クロフォード公爵の五歳の息子ラグナス。こいつは、さっき話した第一王子エリクの取り巻きとしてゲームに登場する。

最後のビクトリノ公爵もゲームに登場しないけど。ビクトリノ公爵家には、俺が良く知っている奴がいる。

「アリウス様。ビクトリノ公爵の長女、ソフィア・ビクトリノです」

俺が自己紹介すると、向こうもして来た。

ミルクティーベージュの髪と、碧色(みどりいろ)の瞳の五歳の少女。客観的に言えば、ソフィアは『天使』って感じの美少女だ。いや、俺はロリコンじゃないからな。

ソフィアはエリクの婚約者で、『恋学(コイガク)』の主人公(ヒロイン)のライバル。所謂『悪役令嬢』だ。

ゲームでは取り巻きの貴族たちと『恋学(コイガク)』の主人公(ヒロイン)に嫌がらせをしたり、いじめたりと、テンプレな行動をする。

だけどソフィアが表情を曇らせて。何か言いたそうに、俺を見つめているのはどういうことだ？　俺には全然覚えがないんだけど。

そんな俺とソフィアを余所に、お互いの両親が話をしている。

「ダリウス宰相、レイア宰相夫人。実は折り入って、二人に相談したいことがあるのだ。これから少し付き合って貰えないか？」

ビクトリノ公爵の申し出に、父親のダリウスが苦笑する。

「ビクトリノ公爵、また例の話ですか？　先日お断りした筈ですが」

「ダリウス宰相。まあ、そう言わないで。話だけでも聞いてくれないかしら？」

ビクトリノ公爵夫人もグイグイ来る。

父親のダリウスと母親のレイアは、相手が公爵だからか、無下に断る訳にもいかないらしく。

ビクトリノ公爵夫妻に押し切られる形で、広間から出て行こうとする。

「アリウス。悪いが、ここでしばらく待っていてくれ」

残されたのは五歳の子供の俺とソフィアの二人で。

「ソフィア。飲み物でも飲んで待っていようか」

女子と二人きりと言っても、相手は子供だからな。まさに子供の世話をする感覚で、敬語を使うのも止める。

俺が飲み物を持って戻ると。

「アリウス様、ありがとうございます」

「ソフィア。俺のことは呼び捨てにして構わないよ。それに敬語も止めにしないか？」

「ですが、私はこの喋り方の方が慣れていますので」

ソフィアが困った顔をするので、そのままで構わないと伝える。

「なあ、ソフィア。さっき俺の顔を見ていたけど。何か言いたいことがあるなら、言ってくれて構わないからな」

ソフィアは一瞬ハッとした顔をして。しばらく言いづらそうにしていたけど。

「あの……アリウス様は、最近凄く辛いことがあったんじゃないですか？　だから……無理して笑わなくて良いと思います」

ソフィアは俺を見つめながら、気遣うようにそっと手を握る。

凄く辛いことって……俺は一つしか思いつかない。人を殺してしまったことだ。

もう俺の中では、折り合いを付けたつもりだった。だけど表情に出ていたってことか？

俺が思わず黙り込んでしまうと。

「……やっぱり、余計なことでしたね。アリウス様、ごめんなさい……」

ソフィアは申し訳なさそうに頭を下げる。

「いや、そんなことはないよ。ソフィアは優しいんだな。俺のことを気遣ってくれて、ありがとう」

黙って見守ってくれた両親と、グレイとセレナには感謝している。

だけど何も知らないソフィアが気遣ってくれたことが、俺は素直に嬉しかった。

そう言えば幼馴染が、ソフィアは実は良い奴って設定があるとか言っていたけど。ソフィアが良い奴なのは本当なんだな。

「アリウス様……」

ソフィアが頬を赤く染める。素直に礼を言われて、子供なりに照れているんだろう。

それから俺とソフィアは、お互いの両親が戻って来るまで他愛のない話をした。普段何をしているかとか。家族のこととか。

両親たちが戻って来ると、俺とソフィアは笑顔で別れた。ソフィアとは友だちになれそうだな。

だけどソフィアはエリクの婚約者だから、男の俺が気安く話をする訳にもいかないか？

そもそも俺は冒険者になるつもりだから。貴族のソフィアに関わることなんて、そうはないだろう。

だけどソフィアの話の中に、エリクのことは出てこなかったな。もしかして、エリクとソフィアはまだ婚約していないのか？

「ねえ、父さん。エリク殿下に婚約者はいるの？」

突然の質問に、父親のダリウスが戸惑っている。

「アリウス、ソフィア嬢から何か聞いたのか？　実は——」

さっきビクトリノ公爵夫妻が、話があると言っていたのは、まさにエリクとソフィアの婚約のことだった。

国王と仲が良い父親のダリウスと母親のレイアから、エリクとソフィアの婚約を国王に勧めてくれと頼まれたそうだ。

「貴族にとって、政略結婚はめずらしいことじゃないが。俺は好きじゃないから、関わるつもりはないんだ。ビクトリノ公爵には何度も断っているんだが。今日もハッキリと断ったよ」

結局、ソフィアとエリクは、まだ婚約していないのか。

それに婚約の話は進んでいないみたいだし。婚約しない可能性もあるってことか？

「アリウスは、ソフィア嬢のことが気になるみたいね」

母親のレイアがニマニマしている。

だけど相手は五歳の子供だし。俺にそんな気はないからな。

それからしばらくして、広間に騒めきが起きる。

どうやら、国王の登場のようだ。

「皆、良く集まってくれた。今日は存分に楽しんでくれ」

ロナウディア王国国王アルベルト・スタリオンは、二〇代後半の豪奢な金髪と碧眼のイケメンで。父親のダリウスにも負けない外見ハイスペックだ。

アルベルト国王の後には王家の人間が続く。

三大公爵がアルベルト国王に挨拶を済ませると。父親のダリウスと母親のレイアに促されて、俺は国王の前に進み出る。

「アルベルト・スタリオン国王陛下。ダリウス・ジルベルトの嫡男、アリウス・ジルベルトと申します。以後、お見知りおきください」

片膝を突いて、深々と頭を下げる。これがロナウディア王国における、貴族の国王に対する正式な挨拶の仕方だ。

「おまえがアリウスか。ダリウスとレイアから話は聞いている。確かにとても五歳には見えないが。大人びているのは、見た目だけではないようだな。堅苦しい挨拶はそれくらいにして、楽にしてくれ」

アルベルト国王は面白がるように笑う。国王とは思えないほど気さくな感じで。元は下級貴族だったダリウスを宰相に抜擢したのも、アルベルト国王らしい。

俺が頭を上げて立ち上がると。

「アリウス。君に会えて嬉しいよ」

声を掛けて来たのは、アルベルト国王にそっくりの豪奢な金髪と碧眼のイケメンな子供だ。

「僕はロナウディア王国第一王子のエリク・スタリオンだよ。アリウス、これからよろしくね」

ゲームのエリクは『悪役令嬢』ソフィアの婚約者で、俺と同じ『恋学（コイガク）』の攻略対象の一人だ。

爽やかな笑顔で、誰にでも優しい完璧な王子様。エリクは『恋学（コイガク）』の攻略対象の中でも一番の人気で。ゲームの物語（ストーリー）にも、主人公（ヒロイン）の次に出て来る頻度が高い。

「エリク殿下、アリウス・ジルベルトです。こちらこそ、よろしくお願いします」

「アリウス、僕も陛下と同じで堅苦しいのが嫌いなんだよ。だから僕には敬称も敬語も使わないでくれると嬉しいな」

本当にそうして良いのかと迷ったけど。アルベルト国王が頷いているから、問題ないようだな。

「解ったよ、エリク。改めて、これからよろしく頼む」

エリクは満足そうに頷くと、不意に強（したた）かな笑みを浮かべる。

「うん、それで良いよ。アリウスは考え方が柔軟みたいだね。本当に僕と同じ五歳とは思えないよ。君とは良い友だちになれそうだね」

ゲームでは完璧な王子様のエリクが、こんな表情をすることはなかった。ゲームのエリクは『恋学（コイガク）』の攻略対象らしい『恋愛脳』な奴だったからな。

だけど俺の目の前にいるエリクは、全然そんな感じじゃない。

「アリウス。僕はダリウス宰相の息子としてじゃなくて、君自身に興味が湧いて来たよ。アリウスはみんなが思っているよりも、特別な人間みたいだね」

俺が言うのも何だけど、エリクはとても五歳には見えないな。もしかしてエリクは俺が転生者だと気づいているのか？

だけどエリクが気づいたとしても、別に構わない。エリクが俺を利用しようとしないならな。

その後、第二王子のジーク・スタリオンにも挨拶する。ジークはエリクの双子の弟で、こいつも『恋学（コイガク）』の攻略対象の一人だ。

「ジーク・スタリオンだ。アリウス・ジルベルト、よろしく頼む」

見た目はエリクとそっくりだけど。髪を短く切っていて、粗野で影がある感じなのはゲームと同じだ。

ジークは優秀過ぎるエリクと比べられることを嫌っていて、ゲームだと不良っぽい女たらしキャラだけど。さすがに五歳だと、まだ女子を侍らせてはいない。

王家にはもう一人、エリクとジークの姉の王女がいるけど。王女の社交界嫌いは有名な話で、パーティーに出席することはないそうだ。

王女もゲームに登場するけど、そこまで重要なキャラじゃない。

ちなみに王妃はすでに他界しているけど。アルベルト国王は後妻を娶るつもりはないらしい。

アルベルト国王と二人の王子に挨拶を終えると。ようやく一息ついて、俺たちは軽く食事と飲み物をとることにした。

「最近のアリウスは、本当に良く食べるわね」

母親のレイアが驚いている。

俺としては軽く食べているつもりだけど。確かにテーブルの上には、食べ終わった皿が山のように積まれている。

「グレイさんとセレナさんに鍛えて貰っているから、腹が減るんだよ。だけどパーティーの席だから、もっとセーブした方が良いかな？」

「いや、別に構わないさ。マナーを守る必要はあるが、アリウスのマナーは問題ないからな」

「そうよ、アリウス。周りの目なんか気にしないで、たくさん食べなさい」

この世界のテーブルマナーを二人に教えて貰ったけど。前世と大きな違いはなかった。

前世の俺はマナーにうるさい場所で、食事をすることなんて滅多になかったけど。前世でも子供の頃に教えられたから、自然と身についていた。

このタイミングで、再び騒めきが起きる。どうやら新しい来客のようだ。

だけど国王の後に登場するのは、マナー違反じゃないのか？

両開きの大きな扉が開いて姿を現したのは、白い祭服の四〇代の男。祭服には違いないけど、金糸で装飾された如何にも豪華な衣装だ。

男の後には、同じような祭服の集団が続く。

「ルイス・パトリエ枢機卿。貴卿（ききょう）を招待した覚えはないが、私の勘違いか？」

アルベルト国王が祭服の集団の前に進み出る。笑顔だけど、目は笑っていない。

このとき。一〇人ほどの使用人たちが、さり気なく祭服の集団の方に移動する。

父親のダリウスが目配せしているし、俺の『索敵（サーチ）』に反応する魔力が大きいから。動いた使用人たちは、ダリウスの部下である王国諜報部の人間だろう。

「これはこれは、アルベルト陛下。わざわざ出迎えて頂き感謝する。確かに私は招待されてはいないが、我々がいると何か不都合でも？」

「いや、不都合なことなど何もない……そうだな。貴卿たちを歓迎しよう」

アルベルト国王とルイス枢機卿の視線がバチバチとぶつかる。

ルイス枢機卿は、ロナウディア王国の外にも影響力がある教会勢力の実質的なトップで。王家と教会勢力は政治的に対立関係にある。

この辺の話は『恋学（コイガク）』の設定にもあるけど。詳しいことは父親のダリウスから教えて貰った。

そしてルイス枢機卿と一緒に来た祭服の集団の中にも、俺が知っている奴がいる。

「アルベルト陛下、お久しぶりです。あ、エリク殿下にジーク殿下もいたんですね。ボクは全然気づきませんでしたよ」

わざとらしくエリクとジークの存在を無視しようとするのは、明るい色の髪で少女と間違えそうな中性的な顔の子供。ルイス枢機卿の息子マルス・パトリエだ。

マルスも『恋学（コイガク）』の攻略対象の一人で、所謂『男の娘（こ）』キャラだ。腹黒キャラでもあるけど、子供の時点でそんな感じだな。

「マルス卿、気にすることはないよ。僕は君のように目立たないからね」

完璧イケメン王子様のエリクが、目立たない筈がないけど。エリクはマルスのことを相手にしていない感じだな。

挑発的なマルスに対して、余裕の笑みを浮かべるエリク。ゲームでも二人はライバル関係だ。

マルスはエリクを睨みつけると。

「それでは、アルベルト陛下。ボクたちもパーティーを楽しませて貰いますね」

エリクを無視するように、アルベルト国王だけに優雅な身振りで一礼してから。父親のルイス枢機卿と一緒に、貴族たちの方に歩いて行く。

ルイス枢機卿の登場で、パーティーは政治的な駆け引きの場になった。

我が物顔で振舞うルイス枢機卿を、アルベルト国王が牽制する。

ルイス枢機卿がパーティーに参加することを、アルベルト国王が断らなかったのには理由がある。教会勢力の実質的なトップである枢機卿が訪ねて来たのに、追い返したとなると、信者たちの反感を買うことになるからだ。

ロナウディア王国の国民の多くが教会の信者だから、アルベルト国王としては信者たちの反感は買いたくない。

だから不遜な態度のルイス枢機卿に対して、アルベルト国王は国王としての度量を見せているんだけど。アルベルト国王も黙って引き下がるつもりはないらしく。笑みを浮かべたまま、ルイス枢機卿と視線で火花を散らしている。

まあ、俺としては国王と枢機卿のどっちが勝つとか、勝負の行方に興味ないけど。

『恋学（コイガク）』の世界でも、普通に権力争いをしていることが解ったし。今日は色々と収穫があった。

『悪役令嬢』のソフィアは、実は良い奴だったし。『恋学（コイガク）』の攻略対象の一人であるエリクも全然『恋愛脳』じゃなくて、強かな奴だった。

まだ五歳の子供だから、ソフィアとエリクはこれから変わってしまうかも知れない。だけどこの世界では『恋学（コイガク）』のキャラたちも、恋愛とは関係なしに普通に生きているんだな。

それが解っただけでも、今日は来た意味があったよ。

第2章 冒険者ギルド

Love & Magic Academy

グレイとセレナと出会ってから二年が過ぎて、俺は七歳になった。

二人は現役の冒険者だから、この二年間ずっと俺の家庭教師ばかりしていた訳じゃない。

俺を戦いに連れて行くとき以外は、一人が俺に教えている間、もう一人はソロでダンジョンを攻略していた。二人とも『転移魔法（テレポート）』が使えるからな。日帰りでダンジョンに行けるんだよ。

俺の方はグレイとセレナの厳しい鍛錬と、魔物との戦いに明け暮れる毎日だった。

二人と一緒にダンジョンに行くこともあったけど。あくまでも家庭教師として同行するだけで、二人は一切手を出さなかった。

この二年間で俺もそれなりに強くなったと思う。

魔法は第一〇界層まで使えるようになったし。魔力操作も一応グレイとセレナが認めてくれるレベルになった。剣術も上位スキルまで実戦レベルで習得済みだ。

グレイとセレナに比べたら、まだまだ全然だけど。自分が強くなったことで、二人との実力の差を余計に感じるんだよ。

そんなある日。俺は理由も聞かされずに、冒険者ギルドに連れて行かれた。

「よう、ギグナス。準備はできているか？」

如何(いか)にも高そうな服を着た年配の男に、グレイが声を掛ける。

「グレイ、勿論だ。だが相手は……まさか、その子供なのか？」

「ああ、そういうことだぜ」

唖然としている男に、グレイはニヤリと笑う。

俺が話について行けないうちに、冒険者ギルドの地下にある鍛錬場に案内される。

そこで俺たちを待ち構えていたのは、武装した一〇人の冒険者だった。

「なあ、アリウス。おまえはこれから、こいつらと模擬戦をするんだ」

「え……どうしてですか？」

「理由は後で説明する。おまえの実力なら、こいつら一〇人相手でも余裕だろう」

煽(あお)るようなグレイの発言に、冒険者たちが殺気立つ。

あのなあ、余計なことは言わないでくれよ。

「グレイさん。幾らあんたでも、さすがに聞き捨てならねえな！」

癖のある長髪の冒険者がグレイを睨む。年齢は二〇代半ばくらいで、長身の大剣使い。

首から下げているのは銀色の冒険者プレート。銀色がB級冒険者のプレートってことは、グレイとセレナに教えて貰った。

冒険者の等級は一番下がＦ級で、一番上がＳＳＳ級の九段階。ＳＳＳ級冒険者は世界に一〇人しかいない。

「そうだぜ。グレイさんの知り合いだからって、俺たちは手加減なんてしないからな！」

隣の冒険者が続く。年齢は長髪の冒険者と同じくらいの赤毛で厳つい顔の男。片手剣と盾というオーソドックスなスタイルだ。

他の冒険者たちも、全員が冒険者プレートを付けている訳じゃないけど。付けている奴は皆Ｂ級のプレートだ。

俺は『鑑定（アプレイズ）』で冒険者たちのステータスを見る。全員が五〇レベル台から七〇レベル台だから、少なくともＢ級冒険者相当の実力はあるってことだな。

『鑑定（アプレイズ）』は自分よりもレベルが低い相手のレベルやステータスが解るスキルだ。レベルの差が大きければ、相手が使えるスキルや魔法まで解る。

『鑑定（アプレイズ）』のスキルレベルを上げれば補正が掛かるけど、それにも限界があるからな。

俺が『鑑定（アプレイズ）』のスキルレベルをＭＡＸまで上げたとしても、グレイやセレナのレベルやステータスは解らないだろう。

ちなみに魔法にはスキルレベルに相当する魔法レベルというものはないけど。

魔法を構成する魔力回路（パーツ）をより精巧に構築したり、魔力操作の精度を上げることで、幾らでも強化できる。

魔力回路の構成を変えれば、魔法の効果を変えることも可能だ。

「おい、ダグラス、マルコ。そういう話は勝ってから言えよ。アリウス、全員纏(まと)めて相手にして構わねえぜ」

グレイが意図的に煽っていることは解っている。

セレナも止める気がないみたいだから、やるしかないってことだな。

「じゃあ、始めますか」

今の俺の身長は一四〇ｃｍを超えているから、七歳には見えない。

装備も全部ダンジョンのドロップ品だし。そこまで弱そうには見えないだろう。

ちなみにマジックアイテムの鎧は装備すると適正サイズになるから、子供の俺が着けても不格好にならないんだよ。

それでも相手はバリバリの冒険者だからな。子供の相手をするのが馬鹿らしいのは解る。

無理矢理やらされているみたいだから、同情もしている。

「チッ……てめえみたいなガキの相手をする身にもなれよ！」

「そうですね。でも俺も無理矢理連れて来られたんですよ。面倒なことは早く終わらせましょう」

ベルトから二本の剣を抜く。身長が伸びたから、子供用じゃなくて普通サイズ。

これもダンジョンのドロップ品でマジックアイテムだ。

俺が剣を二本使うのは、いつも一人で戦っているから手数を増やすためで。鍛錬したから利き腕じゃない方も、それなりに使えるようになった。

「二刀流だと……チッ、格好つけやがって！　おい、さっさと掛かって来いよ！　ボコボコにしてやるぜ！」

長髪の冒険者が大剣を鞘に入れたまま挑発する。

完全に俺を舐めているな。

「じゃあ、遠慮なく行きますよ。あとで文句を言わないでくださいね」

「何言ってやが……」

言い終わる前に距離を詰めて、剣の平で腹を殴りつける。

長髪の冒険者は吹き飛ばされて、背中から壁に激突して意識を失った。

子供だと舐めていた俺の力に、冒険者たちが驚愕する。

「おい……冗談だろう？　ガキがこんな力を……」

「『身体強化（フィジカルビルド）』を使っているんだろう。こいつは魔法剣士ってところか……」

「いや、まだ魔法は使ってないですよ」

感想を言っている暇なんてないだろう？

続けざまに剣を叩き込むと、赤い髪の冒険者が呻（うめ）き声を上げて蹲（うずくま）る。

「相手が子供だからって、舐めたらダメですよ。そういう人は真っ先に死にますから」

俺は舐められるのは嫌いなんだよ。

こいつらも無理矢理付き合わされたみたいだから、同情はするけど。武器を持った相手に油断する馬鹿に、容赦する気はないからな。

「てめえ、ふざけやがって！」

残りの冒険者たちは、さすがに武器を抜いて掛かって来た。

だけどいつも模擬戦をしているグレイとセレナに比べたら、動きが雑で遅過ぎる。

「相手の力量を見極めないとダメですよ。それに連携が全然取れていませんね。いつもパーティーを組んでいるメンバーじゃないからかな？」

冒険者たちの攻撃を躱しながら、一人ずつ確実に仕留めていく。

スキルを使えばもっと簡単に倒せるけど、威力が強過ぎて殺してしまうからな。

結局一〇人倒すまでに、一〇分も掛からなかった。

呻き声を上げているのが二人で、残りの八人は意識を失っている。

「それでグレイさん。こんなことに何の意味があるんですか？」

一番の疑問は、俺が勝つことが解っているのに、冒険者と戦わせた理由だ。

グレイは苦笑する。

「冒険者になるには、年齢制限があるんだよ。一四歳にならないと冒険者になれない。だから特例を認めさせるために、おまえの実力を見せつける必要があったんだ」

なるほど、そういうことか。だけど、だったら先に説明してくれよ。

「こんな子供に……全員B級冒険者だぞ……」

「じゃあ、ギグナス。約束は守れよ」

呆然とするギグナスの肩を、グレイはニヤリと笑って叩く。

「ああ、解っているが……」

これは後で聞いた話だけど。ギグナスはロナウディア王国冒険者ギルドのグランドマスター。

つまり王国冒険者ギルドのトップだった。

ステータス
アリウス・ジルベルト　七歳
レベル：128
HP：1038
MP：1756
STR：402
DEF：400
INT：535
RES：465

ＤＥＸ：４０５
ＡＧＩ：４０１

冒険者ギルドの応接室に移動して、早速冒険者登録をすることになった。

だけどなんで応接室なのかと思ったけど、理由は直ぐに解る。

俺はアリウス・ジルベルトじゃなくて、只のアリウスとして冒険者に登録した。

ロナウディア王国の宰相の息子だとバレると、色々と面倒なことになると思ったからだ。だけど……

「なあ、グレイ。この子のアリウスという名は、まさか……」

「ギグナス、冒険者の素性を詮索するのはどうかと思うわよ」

セレナに言葉を遮られてギグナスが黙る。

どうやらギグナスは、俺が王国宰相ダリウス・ジルベルトの息子だと気づいたらしい。だから応接室に通したのか。

まあ、宰相の子供の名前くらい知っていても不思議じゃないし。父親のダリウスと母親のレイアは元ＳＳ級冒険者で、グレイとセレナの昔の仲間だからな。

四人の関係を知っている冒険者ギルド関係者なら、アリウスという名前から俺が誰か想像がつくか。

「ああ、そうだな。俺が悪かった。だがロナウディア王国で冒険者をしていたら、直ぐにバレるだろう？」

「いや、俺たちはロナウディアを出るから問題ないぜ。この国のダンジョンじゃ、アリウスには物足りないからな」

だったら他の国で冒険者登録した方が良かったんじゃないのか？

他の国なら、ロナウディア王国の宰相の息子の名前を、知っている奴なんて稀だろう。

まあ、俺の都合だから、グレイたちに文句は言えないけど。

「あのねえ、アリウス。特例を認めさせるには、ロナウディアの冒険者ギルドの方が、都合が良いのよ」

まるで俺の考えを見透かしたように、セレナが耳打ちする……いや、いきなり耳打ちするとか。セレナは黒髪と黒い瞳の美人だからな。さすがに不味（まず）いだろう。

二人は俺が転生者だって気づいているみたいだけど。セレナは俺を完全に子供扱いしている。

まあ、見た目が子供だから仕方ないけど。

「ダリウスが一二歳で特例を認めさせて、冒険者になった前例があるし。この国の冒険者ギルドは、昔から年齢に対して寛容なのよ。それにグランドマスターのギグナスは、私たちに頭が上がらないから」

つまりゴリ押しするために、ロナウディアで冒険者登録するってことか。

だけどセレナの説明にも、俺はイマイチ納得できなかった。

別に冒険者にならなくても、グレイとセレナと一緒ならダンジョンに入ることができるからな。わざわざ特例を認めさせる必要なんてないだろう。

俺がそんなことを考えていると……

「なあ、アリウス。これでおまえも冒険者だ。これからは家庭教師と生徒じゃなく、同じ冒険者としてパーティーが組めるぜ」

「え……」

「何を驚いているのよ。アリウス、当然でしょ」

セレナが悪戯っぽく笑う。

これも後から聞いた話だけど。冒険者になるまで俺と一緒に戦わなかったのは、グレイの拘りらしい。

つまりグレイとセレナは俺の力を認めてくれて、一緒にパーティーを組むために俺を冒険者にしたってことだ。

いや、今でも俺がグレイやセレナと、パーティーを組めるレベルじゃないことは解っている。だけど二人に認められたことが素直に嬉しかった。

「ところで、アリウス。俺たちとパーティーを組むなら、ダリウスとレイアに承諾して貰う必要があるぜ。俺たちは家庭教師を引き受けたが、それ以上の約束をした訳じゃない。今なら止めることもできるが、どうする？」

「グレイさん、そんなの決まっていますよ。俺を貴方たちのパーティーに入れてください」

二人の誘いを断る理由なんてないからな。

「なあ、アリウス。パーティーを組むなら名前は呼び捨てで、敬語もなしにしろよ」

「そうよ、アリウス。私のこともセレナって呼びなさい」

「は……ああ、解ったよ。セレナ、グレイ」

「うん、それで良いわ。アリウス、これからもよろしくね」

その日の夜。俺は父親のダリウスと母親のレイアに、冒険者になったことと、グレイとセレナとパーティーを組むことを伝えた。

「勿論、反対なんてしないわよ。アリウスが決めたことだから」

「そうだな。それにグレイとセレナが一緒なら、何も心配することはないだろう」

三人で夕飯を食べるのは、随分と久しぶりだな。

母親のレイアは王国諜報部や魔法省の仕事で忙しいから、毎日自分で料理をする訳じゃない。だけど今日は俺のために夕飯を作ってくれた。

「ほら、アリウス。たくさん作ったから、どんどん食べなさい」

メニューも肉中心の俺好みで、テーブルには料理が山盛りの皿が並んでいる。

「母さん、ありがとう。やっぱり母さんが作るメシは美味いな」

ガツガツ食べる俺の姿を、母親のレイアは嬉しそうに眺めている。

「だけどアリウスは冒険者になったんだから、こうして一緒にご飯を食べることも難しくなるわね」

今でも俺はグレイとセレナとダンジョンに行ったり、魔物討伐のために遠征しているから、家にいることは多くない。

だけどこれからは二人と一緒に、世界中のダンジョンを攻略するつもりだからな。ほとんど家に戻ることはないだろう。

「まあ、それは仕方ないさ。子供はいつか親の元から巣立つことになるんだから、それが少し早くなっただけだ。レイア、アリウスを笑顔で送り出してやろう」

「ダリウス、解っているわよ。だけどアリウス。グレイとセレナが一緒だからと言って、無茶はしないでね」

「ああ。ありがとう、父さん、母さん」

子供が七歳で独り立ちするのは、さすがに早過ぎるからな。

反対されても仕方ないのに、笑顔で送り出してくれる二人には本当に感謝している。

父親のダリウスと母親のレイアは、俺が転生者だとたぶん気づいている。二人とは七年間親子をしているから、なんとなく解るんだよ。

グレイとセレナも、俺が転生者だと気づいている筈だ。五歳で出会ったときから一切容赦しないで鍛えてくれたのは、そういうことだろう。

二五歳で死んだ前世のことを、この四人になら話しても構わないと思う。

だけど何も訊かないってことは、前世のことなんて関係なしに、俺を受け入れてくれているってことだよな。

俺も前世に縛られるつもりはないから、今は敢えて口にするつもりはない。

俺がこの世界で成長して、前世のことをもっと客観的に考えられるようになったら。酒を飲みながらでも、みんなに話したいと思う。

「だけどアリウス、これだけは約束してくれ。冒険者になるのは構わないが、おまえには王国宰相の地位を継ぐという選択肢もある。それを忘れるなよ」

父親のダリウスが真剣な顔で告げる。

ロナウディア王国の宰相の地位は世襲じゃない。

だけどアルベルト国王はダリウスのことを信頼していて、次の宰相も息子の俺にしたいらしい。たぶんエリクの差し金だけどな。

二年前に王宮のパーティーで会った後も、エリクとは何度も社交界で会っている。

『アリウス。僕は必ず国王になるから、そのときはアリウスが宰相だからね』

ゲームと違って、エリクは全然『恋愛脳』な奴じゃなかった。

子供とは思えないほど強かで、計略好きだけど。気さくで良い奴なんだよ。

ゲームでは『悪役令嬢』のソフィアにも、あれから何度も社交界で会っているけど。王宮のパーティーの後、しばらくしてソフィアはエリクと婚約したからな。

うちの両親が関わった訳じゃないから、経緯は解らないけど。ビクトリノ公爵の申し出にエリクが承諾したそうだ。

ソフィアがエリクの婚約者になってからは、ビクトリノ公爵夫妻が目を光らせていて。ソフィアと社交界で会っても挨拶するくらいで、話をする機会はなかった。

ソフィアも実は良い奴だったからな。ゲームのように『悪役令嬢』にならなければ良いけど。

他にも『恋学』の攻略対象の第二王子のジークや、枢機卿の息子のマルスにも、社交界で何度も会っているけど。軽く言葉を交わすくらいで、じっくり話したことはない。

「最終的にどうするかは、アリウスに任せるが。将来の選択肢を、自分から狭めることはないだろう。だから冒険者をしている間も勉強を続けて、一五歳になったら王立魔法学院に入学して欲しいんだ」

ロナウディア王国の貴族が家督を継ぐには、王立魔法学院を卒業することが必須条件だ。

だけど学院は『恋学』の舞台なんだよな。

俺は『恋学（コイガク）』の攻略対象として生きるんじゃなくて、冒険者として強くなると決めた。

だけど『恋学（コイガク）』の攻略対象の一人であるエリクと、『悪役令嬢』ソフィアは、全然『恋愛脳』じゃなくて、良い奴だったからな。

他の攻略対象や『恋学（コイガク）』の主人公（ヒロイン）も『恋愛脳』じゃなくて、普通に良い奴かも知れない。マルスが腹黒なことは解っているけど。

「父さん。勿論、勉強は続けるよ。そこまで我がままを言うつもりはないからね」

だから学院に通うだけなら、構わないと思っている。

俺は冒険者になるから、王国宰相の地位を継ぐつもりはないけど。

それに学院に入学するのは、まだ八年も先の話だからな。今の時点で、そこまで真剣に考える必要はないだろう。

ちなみに父親のダリウスは飛び級で、一二歳で学院を卒業してから冒険者になった。

だけど俺にそのつもりはないからな。

俺が旅立つことで、ダリウスとレイアは二人きりになるけど。二人が寂しい想いをすることはないと思う。直ぐに家族が増えるからだ。

今年の冬に、俺は兄になるんだよな。

冒険者になっても、グレイとセレナとは物凄いレベル差があるからな。

必然的に二人には俺のレベルに合わせて貰うことになる。

二人には申し訳ないけど、とにかく俺が強くなるしかない。

俺が冒険者になって最初に挑んだダンジョンは、中難易度（ミドルクラス）の『カルラの墓所』だ。

低難易度（ロークラス）ダンジョンは冒険者になる前に、実戦経験を積むために攻略している。

グレイとセレナが言うには、中難易度（ミドルクラス）ダンジョンでも今の俺なら余裕らしい。だけど初めてだから、慎重に攻略を進める。

ちなみに難易度が上がったからと言っても、一階層から低難易度（ロークラス）ダンジョンのラスボスクラスが出現する訳じゃない。

低難易度（ロークラス）ダンジョンの場合は、一階層は五レベル以下の魔物で、最下層で五〇レベル程度の魔物が出現する。

それが中難易度（ミドルクラス）ダンジョンだと、一階層が一〇レベル前後で、最下層で一〇〇レベル超。魔物の強さがスライドして、階層数も増える感じだな。

「俺とセレナは敵が多いときだけ、数の調整くらいはしてやるが。基本はアリウス一人で何とかしろよ」

「ああ。それくらいできないとね」

『カルラの墓所』は全五〇階層でかなり広いけど。一階層毎に地図を埋めるようにして攻略した。

四〇階層くらいまでは魔物の強さ的には余裕だった。

四五階層を越えても、まだ俺の方がレベルは上だけど。ほとんどソロで戦っているようなものだからな。数が多いとキツくなって来る。

「アリウス、少しは手伝ってあげるわよ」

「いや、大丈夫だよ。ノーダメージって訳にはいかないけど、HPもMPもまだ余裕があるからね」

意地を張っているんじゃなくて、冷静に分析している。

俺は回復魔法も使えるからな。

「そう。だったら行けるところまで行きなさい」

危なくなれば二人が助けてくれるなんて、そんな甘いことは一切考えていない。

中難易度（ミドルクラス）ダンジョン程度で音を上げていたら、いつまで経っても本当の意味で二人のパーティーのメンバーになれないからな。

最下層になると魔物のレベルは一〇〇を超える。

『カルラの墓所』は墓所というだけあって、上級アンデッドのオンパレードだ。

バンパイアやリッチ、アンデッドドラゴンが全て上位種で複数出現する。

まずは数を減らすために光属性第一〇界層範囲攻撃魔法『殲滅聖光（アニヒレイトレイ）』を放ってから、剣の上位スキルで切り込むのが俺の必勝パターンだ。

勿論、魔物によって魔法は使い分ける。アンデッドだから光属性の『殲滅聖光（アニヒレイトレイ）』を使っているだけだ。

剣もスキル頼りだと動きが雑になるから、タイミングと動きを自分で調整する。

「とりあえず、次がラスボスだな」

結局ここまで全部一人で戦った。

グレイとセレナは暇だろうけど、これが正解だと思う。

「ラスボス戦は……」

「勿論、俺一人で何とかするよ。いや……必ず倒して見せるから」

「そうか。じゃあ、任せるぜ」

「でもアリウス。無理なら無理だって判断しなさいよ。無謀な戦いなんて、褒められたものじゃないわよ」

「ああ。解っているよ」

『カルラの墓所』のラスボスはノーライフキング。取り巻きはソウルイーターの上位種だ。

アッサリ倒されないための仕様なのか、ラスボスは魔法耐性が高い。

だけど全く魔法が効かない訳じゃないから、俺はＨＰを削るために先制攻撃で『殲滅聖光（アニヒレイトレイ）』を連射する。

アンデッドに効果的な光属性魔法に、魔物たちの動きが鈍る。

まだＭＰに余裕があるから、さらに『殲滅聖光（アニヒレイトレイ）』を連発すると――

ノーライフキングがエフェクトと共に消滅して、巨大な魔石とドロップアイテムだけが残った。

「あれ……」

これじゃ完全にゴリ押しじゃないか。

接近戦の経験も積みたかったのに。

「まあ、ある意味正解だな。アリウスのＭＰなら、これが一番確実だからな」

「そうね。形に拘る必要なんてないわよ。要は勝てば良いんだから」

グレイとセレナの評価は悪くない。

これが俺にとって初めての中難易度（ミドルクラス）ダンジョン攻略だった。

＊

それから半年で、一〇箇所の中難易度（ミドルクラス）ダンジョンを攻略した。

勿論、『カルラの墓所』の反省を生かして、ラスボス戦は魔法でゴリ押ししないように気をつけた。

七つ目の中難易度（ミドルクラス）ダンジョンを攻略しているときに、俺の兄弟が生まれた。双子の弟と妹のシリウスとアリシアだ。

俺にも弟か妹ができると思っていたけど。まさか両方一緒にできるとはね。

俺は『転移魔法（テレポート）』が使えるから、父親のダリウスから『伝言（メッセージ）』が来たときに、直ぐに実家に駆けつけた。

「アリウス、貴方の弟と妹よ」

母親のレイアが嬉しそうに笑う。

白いシーツが敷かれたベッドで眠っている二人の銀色の髪の赤ん坊。

生まれたばかりの赤ん坊って、本当に小さいんだな。

俺は前世で兄弟がいなかったから、兄弟の感覚って良く解らないけど。

「アリウス、おまえも兄さんになったんだから。たまには弟と妹に会いに来いよ」

「そうだな。二人の誕生日くらいは、帰って来るよ」

ダリウスとレイアに、俺の顔を見せることもできるし。

それくらいはしないとな。

一〇箇所の中難易度（ミドルクラス）ダンジョンを攻略した後。俺たちは高難易度（ハイクラス）ダンジョン『ユーキリスの監獄』の攻略を始めた。

中難易度（ミドルクラス）ダンジョンはほとんど全部、俺がソロで攻略したようなものだし。この半年でそれなりに強くなったつもりだった。

だけど高難易度（ハイクラス）ダンジョンは甘くなかった。

一度に魔物が一〇体以上出現するのは当たり前で、しかも複数のグループが同時に襲い掛かって来る。

とにかく数が多い上に、最弱の魔物でも五〇レベル以上だ。

「アリウス、全方位に気を配れよ」

「私とグレイの位置を常に把握して、私たちが次に何をするかを考えながら行動しなさい」

高難易度（ハイクラス）ダンジョンから、グレイとセレナも参戦するようになった。

だけど一緒に戦うのは途中までで。魔物の数が減ると、残りは俺の分だと戦いを止めてしまう。

まあ、二人が一緒に戦ってくれるのは、俺の連携スキルを上げるための訓練ってところだな。

それでも中層部までは何とかなったけど。下層部に入ると魔物に力負けするようになった。

「こいつ……硬いな」

血のように赤い鱗を持つ翼のある上級悪魔、ブラッディーデーモンの相手をしながら思わず呟く。

これまでの魔物はラスボス以外、全部一撃で倒せたのに。全力で両手の剣を叩き込んでも、ブラッディーデーモンはまだ生きている。

ブラッディーデーモンは鱗が硬くてＨＰが高い上に、鉤爪による攻撃には石化の特殊効果がある。さらには第七界層魔法まで使う厄介な敵だ。

しかもブラッディーデーモンの相手だけをしていれば良い訳じゃない。

ドラゴンの上位種フレアドラゴンと、黒い炎を纏う巨大な馬の魔物ナイトメアが同時に出現したからだ。

「一撃で倒せねえってことは、アリウスは魔力操作が甘いんだよ」

「そうね。アリウス、もっと集中しなさい。貴方の実力なら仕留められる筈よ」

グレイとセレナは全然余裕で、俺の分を残して魔物たちを瞬殺する。

「ほら、早く倒さねえと囲まれるぜ」

「私たちが助けるなんて、甘いことは考えていないでしょうね？」

ああ、解っているよ。グレイとセレナは厳しいからな。

俺は剣に魔力を集中するイメージで、感覚を研ぎ澄ます。

だけど集中し過ぎて、周りの魔物を意識から外したらアウトだ。無防備に攻撃を食らう訳にはいかないからな。

剣が当たる瞬間に、魔力を刃に集束させるイメージで叩き込むと。ブラッディーデーモンの身体が真っ二つになった。

俺は続けざまに、魔物たちを仕留めていく。

「まあ、そんな感じだ。アリウスもそれなりに呑み込みが早えじゃねえか」

「もう、グレイは……こういうときは素直に褒めてあげなさいよ。アリウス、今の感じを忘れないように。今日は徹底的に戦いなさいね」

さらに深い階層に行くと、また力負けしたけど。

それでも戦い続けながら、魔力操作の精度を向上させて。俺のレベルとステータスも上がるから、普通に倒せるようになる。

その繰り返しで三ヶ月後。

俺たちは高難易度ダンジョン『ユーキリスの監獄』を攻略した。

グレイとセレナが参戦すると瞬殺してしまうから、ラスボス戦は俺一人で戦ったんだけど。

一時間以上掛けて、どうにか倒すことができた。

「まあ、ギリギリ及第点てところだな」

「そうね。今のアリウスなら、もっと上手くやれた筈よ」

だけど直後に、まさかのダメ出しをされた。

二人が厳しいのは、俺に期待してくれているからだと解っているけど。

「ねえ、グレイ、セレナ。今後の参考のために、二人ならどう倒すのか見せてくれないか？」

俺は自分に何が足らないのか、知りたかった。

「別に構わねえぜ。おまえの参考になるか解らねえけどよ」

「アリウス。解っていると思うけど、私たちは手を抜かないわよ」

このとき。俺は二人が何を言いたいのか解っていなかった。

グレイとセレナは、それぞれソロでラスボスと戦うことになった。

まずはグレイからと、ラスボスをリポップさせる。

ラスボスは出現した瞬間、エフェクトと共に消滅して魔石だけが残る。

「嘘だろう……」

俺にはグレイの動きが、全く見えなかった。

セレナの戦いも同じで。ラスボスを文字通りに瞬殺したけど。俺にはセレナがどんな魔法を発動したかすら解らなかった。

普段ダンジョンで戦っているときも、二人は魔物を全部瞬殺しているけど。全然本気じゃなかったってことか。

あまりにもレベルが違い過ぎて、全然参考にならない。

俺は気づかないうちに、己惚れていたんだな。

グレイとセレナはそれが解っていたから、本当の実力を見せてくれたんだろう。

「グレイ、セレナ。どうやったら、そこまで強くなれるんだよ？」

「俺たちは普通に、鍛錬と戦いを続けて来ただけだぜ。どうしたら強くなれるか、考えながらな」

「漫然と戦っていても、強くなれないわよ。アリウスも今回の『ユーキリスの監獄』の攻略で、解ったでしょう？」

確かにその通りだな。

俺は魔力を集束できるようになったことで、それまで勝てなかった魔物を倒せるようになった。

だけど魔力操作の精度を上げることを、考えないで戦っていたら。今でもブラッディーデーモンに手こずっていたかも知れない。

「グレイとセレナと一緒にいると、本当に勉強になるよ。二人にも戦い方を教えてくれた師匠とか、目標にした人はいるの？」

「いや。参考にした奴はいるが、基本は我流だな。自分で考えて、今の戦い方に辿り着いたってところだ。だが今がベストだなんて全然思ってねえぜ。俺はまだ強くなるからな」

「そうね、私もグレイと同じよ。人には合う合わないがあるから、自分に何が必要か考えながら工夫することが大切だわ。あとは自分で限界を作ったらダメよ。それ以上進歩しなくなるから。結局のところ、自分がどこまで目指すかってことよ」

グレイとセレナは意識が高い。だから強くなれるんだな。

「誰かに勝ちたいとか、そういうのはないの？」

「それもねえな。俺は自分が目指す強さを追い求めるだけだ」

「他人なんて関係ないわよ。誰かに勝ちたいと思ったら、結局そこが限界になるから」

純粋にどこまでも強くなりたいだけで。グレイとセレナは他の奴なんて見ていないんだな。

俺はそんな二人に憧れるよ。

ステータス

アリウス・ジルベルト　八歳

レベル：２２５

ＨＰ：２３２５

ＭＰ：３４７２

ＳＴＲ：６９８

ＤＥＦ：６９４

ＩＮＴ：９２５

RES：808
DEX：696
AGI：692

第３章

出会い

Love &
Magic Academy

俺が高難易度(ハイクラス)ダンジョン『ユーキリスの監獄』を攻略した功績で、Ｓ級冒険者になると。

「てめえは……グレイさんとセレナさんと一緒にいるだけのお荷物のくせに！　ガキがＳ級冒険者とか、生意気なんだよ！」

子供だという理由で、絡んで来る奴が一気に増えた。

「それで？　用がないなら俺は帰るけど」

だから今日も俺はＡ級冒険者六人をボコボコにして、路地裏に放置することになった。

信じられないような顔をするＡ級冒険者たち。

いつの間にかやって来たセレナが、魅惑的な笑みを浮かべる。

「アリウスの実力が解らないなら、仕方ないわよね。だけど忠告してあげるわ。死にたくないなら、アリウスに絡まないことね」

「なあ、セレナ。俺はそこまで凶暴じゃないからな」

「いや、実力も解らねえ馬鹿は、殺して構わねえぜ。なあ……てめえらも、そう思うだろう？」

グレイが殺意を向けると、Ａ級冒険者たちは我先にと逃げて行く。

まあ、こういう奴らの相手をするのは正直、馬鹿らしいけど。俺は売られた喧嘩は買う主義なんだよ。


俺たちはさらに二年ほど掛けて、世界各地の高難易度(ハイクラス)ダンジョンを攻略した。

高難易度(ハイクラス)ダンジョンと一括りに言うけど、ダンジョン毎に攻略難易度の差がかなりあるんだよな。

ダンジョンのレベルは低難易度(ロークラス)、中難易度(ミドルクラス)、高難易度(ハイクラス)、最難関(トップクラス)の四段階だ。だけど攻略難易度が一定レベル以上のダンジョンは、全部高難易度(ハイクラス)になる。

最難関(トップクラス)ダンジョンだけは特別で、この世界に七箇所しかない。

最難関(トップクラス)ダンジョンを攻略することが当面の俺の目標だな。まあ、まだ先の話だけど。

「要塞(フォートレス)ゴーレムは硬過ぎるし。フェンリルとフェニックスは攻撃力があり得ないくらいに高いよな」

要塞(フォートレス)ゴーレムは一ｍを余裕で超える分厚い装甲の魔物で。フェンリルは氷属性最強クラスの魔物。フェニックスは炎属性最強クラスの魔物だ。

しかもそんな魔物たちが、最大六グループ同時に出現する。

今、俺たちが攻略しているのは『ギュネイの大迷宮』の下層部。

『ギュネイの大迷宮』は全二〇〇階層で、攻略難易度は高難易度(ハイクラス)ダンジョンの中でも上位だ。

「まあ、これくらいはアリウスなら倒せるだろう」

「そうね。アリウスが倒せないのはおかしいわよ」

グレイとセレナは当然のように言うけど。

俺が最初に攻略した高難易度(ハイクラス)ダンジョン『ユーキリスの監獄』の攻略推奨レベルが二五〇で。

『ギュネイの大迷宮』の攻略推奨レベルは五〇〇だ。

それだけレベルが違うから、俺は苦戦している訳なんだけど。

「解っているよ。倒せないと前に進めないからな」

俺は魔力を研ぎ澄まして格上の魔物に挑む。一点に集束した魔力の刃が、魔物の首を刎(は)ねる。

魔物が強ければ、自分がさらに強くなれば良い。それが当たり前と思うようになったのは、グレイとセレナと一緒に戦っているからだ。

圧倒的な力を持つ二人も、初めから強かった訳じゃない。今の俺と同じように、どうすれば強くなれるか考えながら戦い続けることで強くなった。

俺はこの世界に転生して。『恋学(コイガク)』の攻略対象として生きるんじゃなくて、冒険者として強くなると決めたけど。初めは只、漠然と強くなりたいと思っていた。

だけど今は違う。俺はグレイとセレナのように強くなりたいんだ。

誰かに勝ちたいとかじゃなくて、純粋に強さを追い求める二人が俺の理想だからな。

まだ俺は実力不足で、こんなことを言うのは烏滸(おこ)がましいことは解っている。

だから他の奴には、絶対に言うつもりはないけどな。


「マジで腹減ったな。グレイ、セレナ。早く夕飯を食べに行こうよ」

俺たちは『ギュネイの大迷宮』を攻略している間、クリスタ公国のカーネルという街に滞在している。

理由は単純で『ギュネイの大迷宮』に一番近いからだ。

俺も『転移魔法(テレポート)』が使えるから、距離なんて関係ないけど。

カーネルの街の冒険者の多くが『ギュネイの大迷宮』に挑んでいるから、自然と情報が集まって来るんだよ。

グレイとセレナは『ギュネイの大迷宮』をすでに攻略済みだから、情報なんて必要ないけど。

俺にとっては情報収集も良い経験だからな。

『ギュネイの大迷宮』のもう一つの特徴は、下層部は高難易度(ハイクラス)ダンジョンの中でも上位の攻略難易度なのに。上層部は中難易度(ミドルクラス)ダンジョンと大差ないってところだ。

だから『ギュネイの大迷宮』に挑む冒険者の中にはD級冒険者もいる。

挑むのは簡単だけど、攻略できるのは一握りの冒険者だけってことだ。

「よう、グレイの旦那。一緒に飲もうぜ！」

「セレナさんも良かったら、俺たちに奢らせてくださいよ！」

冒険者ギルドに行くと、他の冒険者たちが我先にと話し掛けてくる。

グレイとセレナは有名人だから、二人を知らない冒険者なんていないし。二人とも気さくな性格だから、皆に慕われているんだよな。

「酒には付き合うが、俺たちは腹が減っているんだ。先に腹ごしらえをさせろや。なあ、マスター。酒と食い物を適当に頼むぜ」

「私は白ワインとチーズの盛り合わせをお願い。あとは適当で良いわ。アリウスはどうする？」

「俺は肉が食べたいな。マスター。肉なら何でも良いから、早くできる物を持って来てよ」

今の俺は一〇歳だけど。身長は一六〇ｃｍを超えているから、中学生くらいに見える。

見た目は特例なしで冒険者になれる年齢だから、冒険者ギルドにいても違和感はないだろう。

まあ、一〇代前半で高難易度（ハイクラス）ダンジョンに挑む冒険者なんて、そうはいないけどな。

ちなみに俺たちがマスターと呼んでいるのは、この冒険者ギルドの飲食部門の責任者だ。

俺たちだけじゃなくて、他の冒険者たちもマスターって呼んでいる。

「料理が来る前に、俺が魔石を換金して来るよ」

「アリウス、いつも悪いわね」

「いや、これくらい当然だよ」

二人には俺のレベルに合わせて貰っているんだから、雑用くらいはしないとな。

今日も大量の魔物を仕留めたから、『収納庫（ストレージ）』にはたくさんの魔石が入っている。

ちなみに『収納庫（ストレージ）』は空間属性の第一〇界層魔法で。『収納庫（ストレージ）』に入れた時点で重量がゼロになるし、入れた物の時間が止まるから便利だ。

冒険者ギルドの職員がいるカウンターに向かおうとすると。俺たちのテーブルの方に近づいて来る女子と目が合う。

アッシュグレーの髪をショートボブにした一四、五歳の女子。

客観的に言えば『恋学（コイガク）』の主人公（ヒロイン）のライバルとして登場しそうなくらいの美少女だ。

だけど俺はローティーンの女子に興味ないからな。

でも相手の方は違うらしい。何故か、いきなり睨まれたんだけど？

俺は睨んでいる女子の前を素通りして、カウンターに向かう。

だから俺の方は興味ないいんだよ。

「勝手に入るけど、構わないよな」

大量の魔石はカウンターに置き切れないから。いつものように奥に通して貰って、倉庫で広げる。

査定に時間が掛かることも解っているから。金は後で取りに来ると言って、グレイたちのテーブルに戻る。

「あ、あの……ＳＳＳ級冒険者のグレイさんとセレナさんですよね？」

するとちょうどさっきの女子がグレイとセレナに話し掛けているところだった。

「私はＢ級冒険者のジェシカ・ローウェルです。グレイさんとセレナさんに、その……あ、憧れているんです！　ど、どうか、握手してください！」

「いや、握手くらい構わねえけど。同じ冒険者なんだ。堅苦しいのは無しにしようぜ」

「そうね。憧れているって言われるのは嬉しいけど。ジェシカ、せっかくだから一緒にお喋り(しゃべ)しない？」

「は、はい！　是非お願いします！」

ちなみに冒険者の等級は一番下がＦ級で一番上がＳＳＳ級の九段階。

グレイとセレナは世界に一〇人しかいないＳＳＳ級冒険者なんだよな。

まあ、俺が言うのも何だけど。ジェシカもこの年齢でＢ級なら、かなり優秀な冒険者だろう。

「アリウス、戻って来たな。もうメシが来ているぜ」

テーブルの上には料理の皿と、三人分の酒の入ったグラスが置いてある。

この世界に飲酒の年齢制限はないからな。一〇歳の俺も普通に酒が飲める。

「ジェシカも好きなものを注文しろよ。今日は奢るぜ」

「グレイさん、ありがとうございます！」

グレイとセレナが隣り合って座っているから、俺は必然的にジェシカの隣に座ることになる。

「アリウス、この子はジェシカだ。一緒にメシを食うことになった。ジェシカ、こいつはアリウスだ」

「グレイ、それじゃ全然説明になってないわよ。ジェシカとは今知り合ったんだけど、一緒に食事をしようって私たちの方から誘ったのよ」

「そうなんだ。俺はアリウス。よろしく」

「私はジェシカよ。よろしく」

ジェシカは挨拶するときも、何故かまた俺を睨んでいる。

「うん？　どうしたの、ジェシカ？」

「な、何でもありません！　それよりも、お二人のお話を聞かせてください！」

二人と話をしている間、ジェシカは完全に俺を無視している。

だけど俺には全然心当たりがないし。腹が減っているから、食べることに集中する。

ジェシカの態度には、グレイとセレナも気づいていて。二人は苦笑している。

だけど止めるつもりはないみたいだな。自分のことは自分で解決しろってことか。

周りを見回すと、心配そうな顔でこっちを見ている若い冒険者たちがいる。ジェシカの仲間ってところか。

まあ、ジェシカは明らかに、俺に喧嘩を売っている訳だし。仲間なら心配なんだろうけど。

だったら最初に止めろよ。

大皿の料理を三つ平らげて、とりあえず満足したからな。そろそろジェシカの相手をしてやるか。

「なあ、ジェシカ。俺に言いたいことがあるなら言えよ。おまえの態度は、さすがにどうかと思うよ」

別に本気で怒っている訳じゃない。相手は子供だからな。

だけど俺は売られた喧嘩は買う主義なんだよ。

これまでも俺が子供だからって、馬鹿にする奴は結構いたけど。舐めた態度を取る奴を黙らせるには、力ずくが一番手っ取り早いからな。

「そんなことないわよ。あんたの気のせいじゃない？」

ジェシカは惚（とぼ）けるけど、まだ俺を睨んでいる。

「そうか？　俺のことが気に食わないって態度が見え見えだけど。おまえにとってグレイとセレナは憧れみたいだから、俺が一緒にいるのがムカつくんだろう」

初めて会ったのにいきなり睨まれるとか、他に理由は思いつかないし。

ジェシカの顔を見れば、俺の予想が当たっていることは明らかだ。

「アリウス、あんたは私よりも年下よね」

「まあ、俺は一〇歳だけど。だから何だよ？」

「え、嘘……本当に一〇歳？　だったら、まだ冒険者じゃないの？」

　ジェシカの反応は予想外だった。

「私と、そんなに年が変わらないと思って……」

　自分よりも年下で経験も浅そうな冒険者が、憧れの人と親しく喋っていた。

　だったら自分もと対抗心を燃やしたけど、予想以上に相手がまだ子供で。自分のしたことが急に恥ずかしくなったってところか。

「一応言っておくけど、俺は五歳からダンジョンを攻略しているし。七歳で冒険者になったから、ジェシカよりも経験があると思うよ」

「え、嘘……冗談よね？」

「ジェシカ、アリウスが言っているのは本当のことよ。それにアリウスは私たちのパーティーの正式なメンバーだから」

　セレナの言葉に周りの冒険者たちが騒めく。

　俺はいつも二人と一緒にいるけど、まさかパーティーのメンバーとは思っていなかったみたいだな。

　まあ、SSS級冒険者の二人と新人みたいな奴が、一緒にパーティーを組むとは思わないだろう。

　俺が高難易度ダンジョンを攻略したことは、冒険者ギルドに報告したけど。報告したのは他の街の冒険者ギルドだし、俺には自慢話をする趣味はないからな。

それに今の俺の見た目が冒険者になれる年齢だからか。カーネルの街で他の冒険者に絡まれることはなかった。

だから力で解らせてやる必要もなかったから、この街で俺の実力を知っているのはグレイとセレナだけなんだよ。

「一〇歳で私より経験が上で……グレイさんとセレナさんのパーティーのメンバーだなんて……」

ジェシカは情報が整理しきれないのかパニくっている。

なんか俺がイジメたみたいで、ちょっと可哀そうになってきたな。

「なあ、ジェシカ。そういう訳だからさ。解ってくれれば、俺は別に……」

「ちょ、ちょっと待ちなさいよ！　私は納得した訳じゃないわ！」

突然復活したジェシカの声が、冒険者ギルドに響く。

冒険者たちがジェシカに注目している。

「ねえ、アリウス。私と勝負しなさいよ！　あんたの実力が本物か、私が確かめてあげるわ。あんたが私を倒したら、グレイさんとセレナさんのパーティーのメンバーだって認めてあげるわよ！」

いや、なんでそういう話になるんだよ。

「おー！　決闘か！」

「どっちも頑張れよ！」

「ジェシカはB級冒険者だからな。俺はジェシカに銀貨一枚賭けるぜ！」

「俺はアリウスに銀貨二枚だ！　グレイさんとセレナさんのパーティーのメンバーなら、実力は間違いないだろう！」

周りの冒険者たちが勝手に盛り上がっている。

完全に野次馬モードで楽しむつもりだな。

こんな馬鹿なことに付き合うつもりはないと放置するか？

だけどジェシカは本気だ。真剣な目で俺を見ている。

ジェシカが本気でグレイとセレナに憧れていることは、態度を見れば解るからな。

きっと憧れの二人を目標に頑張って、B級冒険者になったんだろう。

だけど二人はジェシカじゃなくて、年下の俺をパーティーのメンバーに選んだ。

誰を選ぼうが二人の勝手だけど、何故ジェシカじゃなくて俺なのか。

その答えを知るために、ジェシカは俺と勝負したいんだな。

「アリウス、勝負してやれば良いじゃねえか」

「そうね。たまにはこういうのも良いんじゃない」

グレイとセレナも止める気がないみたいだな。

まあ、俺が初めから実力を見せていれば、ジェシカが勘違いすることはなかった訳だし。力を見せつけるような真似は趣味じゃないけど、仕方ないか。

「解ったよ。ジェシカ、おまえがそれで納得するなら勝負するよ」

俺が勝負を受けたことで、冒険者たちはさらに盛り上がる。

いや、おまえたちを喜ばせるためにやる訳じゃないからな。

一応模擬戦という形にして、冒険者ギルドの地下にある修練場に向かう。

周りで勝手に盛り上がっている冒険者たちを無視して、俺はジェシカと対峙する。

ジェシカは片手でも両手でも使えるバスタードソード使いで、俺はロングソードの二刀流だ。

二刀流にしたのは、ほとんどソロで戦っていたから手数を増やすためだけど。今では左右の剣が大差なく使えるようになった。

手を抜くのはジェシカに失礼だからな。勝負は一瞬だった。

俺はジェシカが動く前に距離を詰めて、一撃で剣を折る。

反応すらできずに武器を失ったジェシカは、唖然としていたけど。素直に負けを認めた。

全然盛り上がらない展開に、詰まらないと文句を言われると思ったけど。周りの冒険者たちの反応は予想と違った。

「お、おい……今の見えたか？」

「いや……全然見えなかったぜ……」

「マジで凄えな！　さすがはグレイとセレナが選んだ奴だぜ！」

どよめきと称賛の声。

いや、だからおまえたちを喜ばせるためにやった訳じゃないからな。

勝負の後。ジェシカはまるで人が変わったように、俺に対する態度を改めた。

いや、ちょっと言い過ぎか。自分の方が年上だという態度は相変わらずだからな。

「約束だから、アリウスの実力は認めてあげるわよ。だけどグレイさんとセレナさんに比べたら、アリウスもまだ弱いのよね。だったら二人の足を引っ張らないように、もっと頑張りなさいよ。

あ、勘違いしないでよね！　アリウスが頑張っていることは解っているけど、もっと頑張れってことよ。あと暇だったら……また私が模擬戦の相手をしてあげても良いわよ！」

ナニ、この上から目線って感じだけど。ジェシカに悪意は感じないんだよな。

それよりもジェシカが頻繁に話し掛けてくるようになって、ちょっと鬱陶しいんだけど。

いや、模擬戦くらい付き合うし。ジェシカは子供っぽさに目を瞑れば、頑張っているから嫌いじゃない。

だけど冒険者ギルドに来る度に、こいつの相手をするのは……

それにグレイとセレナが、生暖かい目で見るのも地味に嫌なんだけど。

　だから俺は恋愛なんて興味ないし。ジェシカも俺をライバルだと思っているだけだろう。

「ねえ、アリウス。私も絶対に強くなって、いつかはグレイさんとセレナさんに認めて貰うわ！」

「ジェシカも頑張れよ。俺も本当の意味で、二人の隣に立てるようになるからな」

　だけど見た目だけは年齢が近いジェシカとの付き合いは、数ヶ月で終わりを告げる。

　俺たちが『ギュネイの大迷宮』を攻略して、カーネルの街を離れることになったからだ。

「アリウス……私と『伝言（メッセージ）』の登録をしなさいよ！」

　ちなみに『伝言（メッセージ）』は登録した者同士で、距離に関係なく文字を送り合える第一界層魔法だ。

「別に構わないけど。ジェシカに連絡することなんてないからな」

「い、良いから……さっさと登録しなさいよ！」

　結局、俺はジェシカに強引に登録させられた。

ステータス

アリウス・ジルベルト　一〇歳

レベル：４３８
ＨＰ：４４９２
ＭＰ：６７０１
ＳＴＲ：１３５４

DEF：1350
INT：1812
RES：1579
DEX：1354
AGI：1352

体長二五ｍの巨大な赤竜の首を切り飛ばす。

巨竜はエフェクトと共に消滅して、巨大な魔石とドロップアイテムが出現した。

「とりあえず、これで終わりだな。結構呆気なかったな」

「それだけアリウスが強くなったってことだ。今日のところは誇っても良いぜ」

「そうね。明日からまた真面目に鍛錬するなら構わないわよ」

ここは『竜の王宮』と呼ばれる、高難易度（ハイクラス）の中でも最も攻略難易度が高いダンジョンだ。

あれから一年掛けて、俺たちはさらに難易度が高い高難易度（ハイクラス）ダンジョンを全て攻略した。

『竜の王宮』を攻略したことで、ようやく俺にもグレイとセレナの背中が、少しだけ見えて来たと思う。まだ全然二人の方が強いけどな。

そして俺たちは遂に最難関（トップクラス）ダンジョンに挑むことになった。

世界に七つしかない最難関（トップクラス）ダンジョンは、他のダンジョンとは根本的に違う。

一階層から『竜の王宮』のラスボスを凌ぐ凶悪な魔物が出現するのもあるけど。それも最難関（トップクラス）ダンジョンの脅威としては、ほんの序の口に過ぎないんだよ。

「あのさ……いったい何体いるんだよ？」

「さあな。数える暇があるなら、とにかく倒すしかねえぜ」

「もう少し引き付けてから、範囲攻撃魔法を放つわよ。あとは上手く隙間を利用して戦いなさい」

広大な空間の彼方から迫って来るのは、フルプレートを纏（まと）う巨大な天使の姿をした魔物の群れ。

俺の『索敵（サーチ）』に反応する魔物の数は一〇〇〇体以上。そいつら一体一体が放つ魔力は『竜の王宮』のラスボスを軽く超える。

最難関（トップクラス）ダンジョンの階層は、壁のない巨大な空間だ。

隠れる場所などなく、階層中の魔物が一斉に襲い掛かって来る。

そして全ての魔物を倒すまで、戦いは終わらない。

高い天井付近に出現した、魔力を圧縮した白い隕石群が、巨大な天使たちに降り注ぐ。

俺とセレナが同時に放った第一〇界層魔法『流星雨（メテオレイン）』が、戦闘開始の合図だ。

一瞬の気の緩みで命を落とすし、撤退するタイミングを間違えた瞬間に全滅する。
そんな緊張感の中で、俺たちは戦い続けた。

ステータス

アリウス・ジルベルト　一一歳
レベル：658
HP：6788
MP：10247
STR：2038
DEF：2033
INT：2718
RES：2388
DEX：2038
AGI：2036

第4章

冒険者生活の終わり

Love &
Magic Academy

魔力を凝縮した白い刃が、巨大な額に突き刺さる。

全長一〇〇ｍを超える翼のある巨人は、無尽蔵と言えるほどの魔力を帯びていた。

だけど二四時間を超える死闘の末に、エフェクトと共に消滅する。

「ようやく倒したな。これでアリウスも俺たちに並んだ訳だ」

俺たちは一年掛けて、最初の最難関（トップクラス）ダンジョンを攻略した。

グレイとセレナはダリウスたちと一度攻略しているから二回目だけど。

だけど、それはまだ始まりに過ぎなかった。

最難関（トップクラス）ダンジョンを攻略できる順番は決まっている。

難易度の低い最難関（トップクラス）ダンジョンを攻略しないと、次のダンジョンに入れないからだ。

「ここからは俺たちも初めての領域だ。前に挑んだときはダリウスとレイアが途中で抜けたからな。二番目の最難関（トップクラス）ダンジョンの攻略は、諦めるしかなかったんだよ」

二番目の最難関（トップクラス）ダンジョンは、一階層から最初の最難関（トップクラス）ダンジョンの最下層よりも強い魔物が出現する。

　つまり俺たちは常に挑戦者の立場ってことだ。

　強くなり続けることを求められる。

「全く……最高だよな。まさに戦いの中で生きているって実感できるよ」

「アリウスも言うようになったな。おまえも俺たちと同じ立派な戦闘狂だぜ」

「あら、グレイ。失礼ね。私は貴方たちとは違うわよ」

「セレナ、そう思っているのはおまえだけだぜ」

　笑いながら魔物を殺し続ける俺たちの姿を、他の奴が見れば異様に思うだろう。だけど、そんなことは関係ない！

　命を削るようなギリギリの戦いの中で、自分が強くなっていくと実感できることが――堪らなく楽しいんだよ！

　グレイとセレナはこの感覚を知っているから、どこまでも強くなりたいと思うんだよな。ようやく俺にも解った気がする。

　だけど二人の影響を受け過ぎだと言われると心外だな。二人から影響を受けたのは事実だけど、この感覚は紛れもなく俺自身のモノだ。

　命を削るような戦いの先に、俺が求める強さがあるなら。命なんて幾らでも削りながら、俺は戦い続けてやる！


それからさらに三年半。俺たちは最難関（トップクラス）ダンジョンの攻略を続けた。

五つ目の最難関（トップクラス）ダンジョンのラスボスは——まあ、魔物の領域を遥かに超える存在だったな。

まだ攻略していない最難関（トップクラス）ダンジョンが二つ残っているし。実は存在を知られていないだけで、さらに凶悪なダンジョンがあることを俺たちは知っている。

五つの最難関（トップクラス）ダンジョンの中に、その証拠があったからだ。つまり七つ目の最難関（トップクラス）ダンジョンまでしか、辿り着いた奴がいないだけの話なんだよ。

だけどとりあえず今は、そろそろ時間切れだ。

俺は一五歳になって。父親のダリウスとの約束で、『恋学（コイガク）』の舞台であるロナウディア王国王立魔法学院に入学するからだ。

「グレイ、セレナ。俺はパーティーを抜けるよ。二人を待たせる訳にはいかないからな」

二人との別れは、アッサリしたものだった。まあ、別に今生の別れという訳じゃないからな。

俺は『恋学（コイガク）』の攻略対象として生きるつもりはないけど。

ロナウディア王国の貴族は、学院を卒業することが家督を継ぐ条件で。父親のダリウスに、自分から将来の可能性を狭めるなって言われているし。
『恋学（コイガク）』の攻略対象のエリクや『悪役令嬢』のソフィアが、実は良い奴だって解ったからな。他の攻略対象や『恋学（コイガク）』の主人公（ヒロイン）も良い奴かも知れないし。学院に通うだけなら構わないと思ったんだよ。

最後にエリクに会ったのは七歳の頃だから、あれからエリクが変わってしまった可能性もあるけど。

あの強（したた）かなエリクが、『恋愛脳』な奴に豹変するとは思えないからな。

「アリウスは学院に通っている間、冒険者を休業するのか？」

「いや、ちょっと考えがあってね。時間的な制約があるから、どこまで試せるか解らないけど」

俺の言葉にグレイとセレナがニヤリと笑う。

二人は俺が考えていることくらい、見抜いているんだろう。

俺がパーティーを抜けた後。グレイとセレナは最難関（トップクラス）ダンジョンの攻略を中断して、世界中のダンジョンを再び攻略して回るらしい。

まあ、二人で六番目の最難関（トップクラス）ダンジョンを攻略するのは厳しいからな。

グレイなら一人でも最難関（トップクラス）ダンジョンに挑みそうだけど。自称戦闘狂じゃないセレナと、しばらくゆっくり過ごすつもりらしい。

「俺が学院を卒業したら、また一緒にパーティーを組もうよ。俺も三年間遊んでいるつもりはないからな」

万が一、俺が王国宰相の地位を継ぐことになっても。父親のダリウスが直ぐに引退する訳じゃないからな。

三年後に再会する約束をして、俺はグレイとセレナと別れた。

ステータス

アリウス・ジルベルト　一五歳

レベル：？？？？
ＨＰ：？？？？？
ＭＰ：？？？？？
ＳＴＲ：？？？？
ＤＥＦ：？？？？
ＩＮＴ：？？？？
ＲＥＳ：？？？？
ＤＥＸ：？？？？
ＡＧＩ：？？？？

乙女ゲー『恋愛魔法学院』、通称『恋学（コイガク）』の舞台である王立魔法学院は、ロナウディア王国の王都にある。

王国宰相の息子の俺（アリウス）は王都出身だけど。冒険者として八年間世界中を回っていたからな。王都の暮らしに慣れているかと訊かれると、正直微妙なところだ。

白い壁に囲まれた王都の中心部にある広大な敷地。学院は全寮制だから、初めての一人暮らしになる。

だけど俺は八年間ほとんど宿屋暮らしで、自分のことは自分でやっていた。だから一人暮らしと言っても、今さらどうということはないんだよ。

「ここが俺の部屋か」

狭い部屋はベッドと机と本棚、小さなクローゼットだけで一杯だった。

学院の敷地内にある寮は男子寮と女子寮に分かれて、さらに貴族用と平民用に分かれている。

貴族は使用人や侍女を一緒に連れて入寮するから、貴族用の部屋は使用人の個室まであるホテルのスイートルームみたいな造りだ。

だけど俺には使用人なんて必要ないし。部屋が広いと掃除が面倒だからと、平民用の部屋にして貰った。

勿論、それは言い訳で。本当の理由は、貴族と一緒の寮生活が面倒臭いからだ。

「ロナウディア王国は初代ブラウス・スタリオン国王陛下によって大陸暦一〇八年、今から八二六年前に建国されて……」

学院に入学してから一週間が経った。

学院の授業は……いや、文句を言うつもりはないけど。正直な感想を言えば、退屈なんだよ。

魔法と剣術の授業は、俺にとってはレベルが低過ぎるし。数学の授業は、前世の俺は一応理系の大学院を卒業しているから。今さら数Ⅰ以下の内容を聞かされてもな。

地理と歴史の授業も、俺は冒険者をしている間も勉強を続けていたから。すでに独学で学んでいる内容だし。

『ブリスデン聖王国バトラー公爵とイシュトバル王国コーエン伯爵に密約の疑いあり。内容については――』

『フランチェスカ皇国騎兵団長の過去に関する調査結果は――』

俺が各地で雇っている情報屋たちから『伝言（メッセージ）』で情報が届く。

情報収集は冒険者の基本だからな。俺は金を惜しまないで、世界情勢に関する情報を集めている。

だから最新の世界情勢を掴んでいる俺にとっては、社会の授業なんて今さら感しかない。

外国語の授業も、俺は世界中のダンジョンを攻略しながら実地で学んでいるから。ネイティブ並みに話せる俺が、外国語の教師から学べるモノはないんだよな。

無駄な時間を過ごすのは好きじゃないから。座学の授業のときは、俺は内職をすることにした。

今の俺にとって学院に通う唯一のメリットは、図書室の豊富な蔵書を自由に借りられることだ。知識が無駄になることはないから、授業中はずっと本を読んで過ごしている。

これじゃ学院に通う意味がないと思うかも知れないけど、そんなことはない。

俺にとっては学院に通うこと自体に、意味があるんだよ。確かめたいことがあるからな。

「アリウスは本が好きだよね。だけど授業は真面目に聞かないとダメだよ」

「ああ、善処するよ。もう少し面白い内容なら、真面目に聞くんだけどな」

昼休みになると話し掛けて来たのは、爽やかな笑みを浮かべる豪奢な金髪の完璧イケメン。ロナウディア王国第一王子エリク・スタリオンだ。

エリクに会うのは八年ぶりだけど。俺が思っていたように、エリクは子供の頃と変わっていなかった。いや、さらに磨きが掛かったたって感じだな。

エリクは俺と同じ『恋学(コイガク)』の攻略対象の一人なのに、全然『恋愛脳』じゃなくて。誰に対しても優しいし、気さくで良い奴だ。

まあ、計略好きで、頭が回る油断ならない奴でもあるけど。俺はエリクのそういうところも嫌いじゃない。

俺はエリクに会うまで、乙女ゲーの攻略対象は皆『恋愛脳』で、女のことばかり考えていると思っていた。

実際にゲームだと、エリクもそんな感じだったからな。

だけどエリクと出会って、実は良い奴だって解ったから。他の攻略対象や『恋学（コイガク）』の主人公（ヒロイン）も、普通に良い奴かも知れないと思って。俺は学院に通うことにしたんだよ。

エリクは何か思うところがあるのか。マジマジと俺の顔を見る。

「やっぱりアリウスに眼鏡って違和感があるよ。いったい、どうしたんだい？」

エリクが指摘したように、今の俺は黒ブチの眼鏡を掛けている。まるでゲームのアリウスのように。

ゲームのアリウスはインテリ系眼鏡男子で、寡黙な草食系のキャラだったからな。

「エリク、何度も言わせるなよ。視力が落ちたって言っているだろう」

勿論、嘘だけど。

俺がＳＳＳ級冒険者のアリウスだとバレると、色々と面倒だから。念のためって感じだ。

前衛の冒険者で眼鏡を掛けている奴は、まずいないからな。

まあ、眼鏡の話は置いておいて。

当面の問題は、エリクの周りにいる取り巻きの連中だな。

「アリウス、エリク殿下に対してその態度はなんだ！　貴様もダリウス宰相の子息なら、自分の立場を弁えろ！」

取り巻きの一人が文句を言う。いや、只の取り巻きと言うには大物だけど。

こいつはラグナス・クロフォード。王国三大公爵家の一つであるクロフォード公爵家当主の息子だ。

ラグナスとも俺が七歳で冒険者になるまで、社交界で何度も会っている。

子供の頃から偉そうな奴だったけど、今でも全然変わっていないな。

「ラグナス、僕は構わないよ。アリウスには僕の方から、子供の頃と同じように堅苦しい言い方は止めてくれと言ったんだからね」

「ですが、エリク殿下……」

「君にも呼び捨てにして構わないと言っているよね？」

「いいえ、殿下。決してそのようなことはできません！」

ラグナスにしたら、エリクにタメ口を利く俺の態度と、王国宰相の息子なのにエリクの派閥に加わらないことが、気に食わないんだろう。

学院では身分に関係なく生徒は平等だという建前だけど。エリクの取り巻きたちは、貴族の派閥争いを完全に持ち込んでいる。

エリク本人に、そのつもりはないみたいだけどな。

「ラグナス、君は固いよね。まあ、立ち話はこれくらいにして。親睦を深めるために、僕がみんなを昼食に招待するよ」

王族であるエリクには、学院内に専用のサロンがあって。王室御用達の料理人が、毎日昼食を用意している。

他の生徒を招待するのも恒例行事で。ゲームではエリクと一緒に昼食を食べるのは、エリクの好感度を上げるイベントの一つだった。

「アリウス、君もどうだい？」

「いや、俺は一人でメシを食べる主義だからな。遠慮しておくよ」

初日だけは一応付き合ったけど。

ゲームでは取り巻きの台詞は、描写されないけど。リアルだと、エリクの機嫌を取るような話ばかりするからウザいんだよ。エリク本人は苦笑していたけど。

「アリウス、貴様はまたそんなことを！」

「だからラグナス、そういうのは止めてくれないかな。アリウスもまた今度一緒に食事をしようね」

「ああ、エリク。気が向いたらな」

これ以上付き合うと、昼飯を食べる時間が無くなるからな。話を切り上げて、教室を後にする。

俺が向かったのは、一般生徒が使う学食だ。

フードコートのようにテーブル席が並んだホールで、学院の生徒なら無料で昼飯を食べることができる。

ランチのプレートを取って、適当に空いている席に座る。

今日のメニューはチキンのソテーに、ポテトサラダにコーンポタージュ。学院の生徒は八割が貴族らしいけど、意外と庶民的なメニューだ。

だけどここのメシは、意外と美味いんだよ。

エリクには一人でメシを食べる主義なんて言ったけど。俺には一緒にメシを食べる奴がいない。

いや、俺は別にコミュ障じゃないけど。周りから感じる視線が、ハッキリ言ってウザいんだよ。

別に自慢する訳じゃないけど。父親のダリウス譲りの銀髪と、母親のレイア譲りの氷青色(アイスブルー)の瞳。俺は乙女ゲーの攻略対象(アリウス)だから、外見スペックが高い。

そのせいで女子が熱い視線を、男子が嫉妬の視線を、やたらと向けてくるんだよ。

まあ、逆の立場なら、チラ見くらいはするかも知れないけど。特に女子が思いっきりガン見してくるし。俺が気づいて何か反応すると、キャーキャーキャー黄色い声を上げる。

そのせいで男子がさらに嫉妬するとか……なあ、マジでウザいだろう？

俺は他人にどう思われようと気にしないけど。この状況で他の生徒に話し掛けるのは、かなり面倒臭い。

だから周りの視線を無視して、ボッチ飯を食べる選択をした訳だ。

まあ、メシが美味いから良いんだけど。

ふと、俺と同じように一人でメシを食べている奴に気づく。

学食の一番奥。何故か空いている広いテーブル席に一人で座っている奴は、俺の数少ない知り合いだった。

眼鏡で三つ編みの地味な女子はノエル・バルト。

俺もノエルも毎日のように図書室に通っているから、自然と知り合いになった。

ノエルは如何(いか)にも本好き少女って感じで、今もメシを食べながら本を読んでいる。

席を探していたときは見掛けなかったから、俺の後から来たんだろう。

まあ、今さら席を移動して一緒にメシを食べようとは思わない。俺が一緒だと、周りの視線がウザいからな。

ノエルはコミュ障なところがあるから、巻き込みたくないんだよ。

俺はさっさとメシを食べて学食を出るつもりだった。

だけどその前に事件が起きる。

「そこの平民……誰の許可があって、私たちの席に勝手に座ってるのかしら！」

学食に響くヒステリックな声。

視線を向けると、ノエルが貴族女子に囲まれていた。

如何にも貴族という感じの一〇人ほどの女子に囲まれて、ノエルは本から顔を上げて彼女たちを見る。

「許可って……空いていたから座ったんですが」

「空いていたのは当然ですわ。私たちの席ですもの」

「え……でもそんなこと、どこにも書いていませんよね？」

戸惑うノエルを、貴族女子が嘲笑う。

「書いてないって……これだから平民は、常識が通じないんですのね。何故空いているか、理由を察するくらいのこともできないんですから」

訳が解らないという顔のノエル。

貴族女子二人が、ノエルの肩を掴んで無理矢理立たせようとする。

「ちょっと、止めてくださいよ……あ！」

ノエルが抵抗するとテーブルの皿がひっくり返って、ノエルの制服を汚した。

「な、何をするんですか！」

「騒がないでくれるかしら。貴方が勝手に暴れただけでしょう」

「そうですわ。ああ、汚い……そんなみっともない格好で、よく人前にいられますわね」

貴族女子たちが嘲笑を浴びせる。さすがにこれ以上放置できないな。

俺は立ち上がると、貴族女子たちの方に向かう。

「なあ、良い加減にしろよ。どう考えても悪いのはノエルじゃなくて、おまえたちだろう」

突然割り込んだ俺に、貴族女子たちの視線が集まる。

「「ア、アリウス様……」」

まあ、王国宰相の息子アリウス・ジルベルトは有名人だからな。

周りの生徒たちも注目しているけど。俺は無視してノエルに近づく。

「アリウス君……」

「ノエル、おまえも少しは空気を読めよな」

第一界層魔法『浄化（ピュリファイ）』を発動すると、ノエルの制服が元通りに綺麗になる。

周りの生徒たちが騒いでいるのは、俺が無詠唱で魔法を発動したからだ。学院の生徒で、無詠唱で発動できる奴はめずらしいからな。

「アリウス君、ありがとう。でも、私が悪い訳じゃ……」

「ああ。解っているよ」

俺は貴族女子たちの方を見る。

「学院では、身分は関係ない筈（はず）だ。だから誰がどこの席に座ろうと自由だろう。勝手なルールを押し付ける方が悪いよな」

貴族女子たちが言い返さないのは、ジルベルト家の方が爵位が上だからだ。

俺は別に爵位なんて興味ないけど、勝手に縛られるなら好きにしろよ。

貴族女子たちが救いを求めるように視線を集めたのは、彼女たちの中心にいる生徒に対してだった。

ミルクティーベージュの長い髪に碧色（みどりいろ）の瞳。誰もが振り向くような綺麗系完璧美少女。

彼女はソフィア・ビクトリノ。三大公爵家の一つであるビクトリノ公爵家の令嬢で、エリクの婚約者。ゲームでは『恋学（コイガク）』の主人公（ヒロイン）のライバル、所謂（いわゆる）『悪役令嬢』だった。

だけど俺が五歳のとき。王宮のパーティーで会ったソフィアは、初めて会った俺のことを気遣ってくれるような良い奴だった。

その後。ソフィアがエリクの婚約者になってからは、社交界で会っても挨拶するくらいで。俺は七歳で冒険者になると、社交界に行くことがなくなったから。ソフィアに会うのは八年ぶりだ。

今も貴族女子たちがノエルを取り囲む中、ソフィアだけがバツの悪い顔をしている。

なんか無理して付き合っている感じだな。

「アリウス様、貴方も貴族ならお解りですよね。身分は関係ないというのはあくまでも建前で、暗黙のルールが存在することを。暗黙のルールを守ることは、学院の生徒の常識です。それを無視した彼女の方が悪いと私は思います」

ソフィアは毅然と告げる。だけどやっぱり無理しているよな。

まあ、理由なら予想がつく。情報収集は冒険者の基本だからな。俺はロナウディア王国の貴族たちの勢力図を把握している。

俺は貴族社会を理解していないいんじゃなくて、面倒だから嫌いなだけなんだよ。

ここにいる貴族女子たちは、ビクトリノ公爵家の派閥に所属する貴族で。派閥トップの公爵の娘であるソフィアには、彼女たちを守る義務がある。

たとえ彼女たちの方に非があるとしてもだ。

「暗黙のルールは解るけど、さすがにやり過ぎだろう。ソフィア、こいつらを止めるのもおまえの役目じゃないのか」

俺の不躾な言い方に、ソフィアが文句を言おうとするけど。

その前に俺の方から近づいて耳元に囁く。

「なあ、ソフィア。おまえだって本当はそう思っているんだろう？　やりたくないことに、無理して付き合う必要なんてないからな」

息が掛かるほどの距離。『恋愛脳』な女子たちが黄色い声を上げる。

エリクの婚約者にするようなことじゃないのは解っている。だけどこうしないと他の奴に聞こえるから、ソフィアは否定するしかないだろう。

バチンッと乾いた音が響く。ソフィアが真っ赤な顔で、俺の頬を思いきり叩いたからだ。避けるのは簡単だったけど、避けなかった。俺が避けたら、ソフィアの立場がなくなるからな。

「な……アリウス様、何をするんですか！」

「ああ、悪いな。おまえの顔に見惚れていたんだよ」

勿論、嘘だけどな。

ソフィアの顔がさらに赤くなる。再び沸き上がる女子の黄色い声と、男子の嫉妬の視線。

だけど俺は全部無視して。ノエルの手を掴むと、貴族女子たちの輪から抜け出した。

俺の方が目立ったから、ノエルの件は有耶無耶になるだろう。それにこっちが引いた形だから、貴族女子たちの面子が潰れることもない。

まったく……これだから貴族の相手をするのは面倒なんだよ。

「ア、アリウス君……」

「ノエル、昼飯のことは諦めろよ。後で何か奢ってやるからさ」

「え……そうじゃなくて……て、手を……」

そう言えばノエルの手を掴んだままだったな。

だけどなんでノエルの顔が赤いんだよ？

「ああ、悪い。ノエル、痛かったか？」

「べ、別に痛くないけど……いきなり手を繋ぐなんて、恥ずかしいよ……」

最後の部分は声が小さくて、良く聞き取れないけど。痛くないなら問題ないな。

周りの視線がウザいし、とりあえず退散するか。

「ノエル。俺の食器を片づけて来るから、ちょっと待っていろよ」

ノエルの食器の方は、貴族女子たちが職員に言って片づけさせている。

俺は人に押し付けるのは嫌いだからな。自分で手早く片づけた。

ノエルを連れて中庭に行く。

全寮制の学院では、中庭で弁当を食べる習慣はない。だからこの時間は人が疎（まば）らだった。

俺はベンチに座ると『収納庫（ストレージ）』からパンと飲み物を出して、ノエルに差し出す。

俺は冒険者だからな。非常時に備えて、食べ物や飲み物を常備しているんだよ。

「え……ア、アリウス君。ありがとう」

ノエルは『収納庫（ストレージ）』がめずらしいのか、突然出現したパンに驚いている。

温かい料理も『収納庫（ストレージ）』の中にあるけど。ノエルは途中まで昼飯を食べていたから、これくらいで十分だろう。

「デザートも食べたいなら言えよ。アイスクリームならあるからな」

「え……本当に？　だったら食べたいかな」

女子はスイーツに目がないからな。

『収納庫（ストレージ）』から皿に載せたアイスとスプーンを取り出す。

「あの……あのね、アリウス君。さっきは助けてくれて……凄く嬉しかったよ」

「いや、俺も頭に来たから、勝手にやっただけだ。それよりも早く食べないと、昼休みが終わるからな」

「う、うん……アイス、美味しいね」

何故かノエルの顔が再び赤くなる。

まあ、素直に礼を言うのは照れ臭いからな。

＊

子供の頃。引っ込み思案だった私は、五歳のときに王宮のパーティーで彼に出会った。

彼はとても同じ五歳に見えない大人びた子供だったわ。だけど私には、彼が何か凄く辛（つら）いことを我慢しているように見えたの。

けれど引っ込み思案な私は、そんな彼に声を掛けられる筈もなくて。苦しそうな彼を、見ていることしかできなかったわ。

だけど彼はそんな私に気づいて。何か言いたいことがあるなら言って構わないと、私を促したの。

私は躊躇いながら、彼について思ったことを正直に告げて。『無理して笑わなくて良いと思います』なんて言ってしまったの。

彼の沈黙に、余計なこと言ってしまったと思って謝ると。

『いや、そんなことはないよ。ソフィアは優しいんだな。俺のことを気遣ってくれて、ありがとう』

屈託のない笑みに、私は思わず見惚れてしまった。今度は無理していない、心からの彼の笑みに。彼に褒められて、私は嬉しかったわ。

それからしばらく、二人でお喋りをした。

引っ込み思案な私に、初めてできたお友だち。そんなことを思いながら、私は笑顔で彼と別れたの。

だけど彼と私が話をしたのは、そのとき一度きりだった。

私がエリク殿下の婚約者になったことで。私の両親がエリク殿下以外の男の子を、私から遠ざけるようになったから。社交界で彼に会っても、挨拶することしかできなかったわ。

そして七歳になると、彼は突然社交界から姿を消してしまった。

エリク殿下から彼が冒険者になったと聞いたのは、後になってからだ。

彼と過ごしたのは、ほんのわずかな時間だけど。私にとっては大切な思い出だった。

五歳の子供なのに大人びた彼の屈託のない笑みを、今でもハッキリと憶えているわ。

だけど八年ぶりに会った彼は――

『なあ、ソフィア。おまえだって本当はそう思っているんだろう？　やりたくないことに、無理して付き合う必要なんてないからな』

眼鏡を掛けて誤魔化していたけど。

人を見透かすような氷青色（アイスブルー）の瞳。口元に浮かべる余裕の笑み。

アリウス・ジルベルト――貴方はいったい何を考えているのよ！

もう子供じゃないのに、私をいきなり呼び捨てにして。

息が掛かるほど顔を近づけて、耳打ちするなんて……本当に非常識だわ！

私は王国第一王子エリク殿下の婚約者なのよ。

あんなところを殿下に見られたら……いいえ、エリク殿下のことだから、爽やかに笑って許すでしょうけど。

殿下は私のことを信じているとか、そんなことじゃなくて。所詮は政略結婚の相手だから、興味がないのよ。

ビクトリノ家はロナウディア王国の三大公爵家の一つだけど。公爵家の中で一番古い家柄というだけで、権力は衰退しているわ。

だからエリク殿下との結婚は、ビクトリノ家にとって千載一遇（せんざいいちぐう）のチャンス。そうお父様から言われているし、私自身も自覚がある。

政略結婚だから嫌だなんて、子供みたいなことを言うつもりはないわ。

それでも……学院の生徒でいる間は、人生最後の自由な時間を楽しみたいという細(ささ)やかな望みがあるの。

勿論、完全に自由という訳にいかないことは解っているわ。私の周りには常に、ビクトリノ家の派閥に所属する貴族たちがいるから。

私がエリク殿下と結婚することで、ビクトリノ家の権力が増すと言っても。派閥の貴族たちとの関係を疎かにすることはできないわ。

貴族社会は繋がりが大切だから。派閥の貴族たちの信頼を失って、孤立するようなことになれば。結局、ビクトリノ家は権力を失うことになるから。

だけど、それにしても……彼に言われたからじゃないけど。平民だからと馬鹿にするのは、正直どうかと思うわ。

自分たちの領民も平民なんだから、領民を馬鹿にすることになるじゃない。

それに学院の生徒の二割は平民なのよ。平民だからと、いちいち馬鹿にするの？

同じ学院の生徒なんだから、身分なんて関係なしに仲良くすることはできないのかしら。

「ソフィア様……どうかされました？」

レイチェルに声を掛けられて我に返る。

今、私は派閥のみんなと一緒に、学食で昼食をとっているところだった。

彼と平民の生徒のことは向こうが引いた形だから、みんなも溜飲を下げたようね。お喋りしながら食事を楽しんでいる。

「レイチェル、何でもないわ……」

レイチェルはビクトリノ家の派閥に所属するクラノス伯爵家の令嬢だ。

派閥に所属する生徒の中では一番温厚な性格で、他のみんなのように率先して平民を馬鹿にしたりしない。

レイチェルがいるから私は救われている。

だけど……今は彼の言った言葉と顔が、頭から離れない。

『ソフィア、こいつらを止めるのもおまえの役目じゃないのか』

そんなこと……私だって解っているわ。

だけど私たちの派閥だけじゃなくて、貴族の生徒の多くが少なからず選民意識を持っているのよ。私や彼は少数派だわ。

それに私には派閥のみんなを守る義務があるのよ。他の生徒との間にトラブルがあれば、味方をするしかないじゃない……

「ソフィア様。やはり、御気分が優れないのではありませんか？　さきほど、あの男……アリウス様のハレンチな行為がありましたから仕方ありませんよ」

「ハ、ハレンチ……」

思わず顔が熱くなる。

そうだわ……彼があんなことをするから悪いのよ！

私のことなんて何も知らない癖に。本当に勝手なことばり言って……

もう……彼の顔と言葉が頭から離れない！

そうよ、私だって……

「ねえ、みなさん。私の話を聞いて貰えますか」

私の言葉に、派閥のみんながお喋りを止めて注目する。

「さきほどの彼、アリウス卿のことですが……彼の行為は許せませんが、彼の言葉にも一理あると思います。先ほどの生徒はルールを知らずに、席に座っていたのですから。今後同じようなことがあれば、私たちは貴族としての度量を見せて許してあげませんか」

みんなが戸惑っている。

「ソフィア様……それは平民を優先しろということですか？」

「まさか、ソフィア様が私たちよりも平民を優遇するなどあり得ませんわ」

したり顔で言う二人はイザベラとローラ。先程の生徒に文句を言って、肩を掴んだ張本人よ。

彼女たちはいつも率先して平民を馬鹿にするわ。

「勿論です。ですが相手の身分は関係ありません。貴方たちの貴族としての度量で、許してあげて欲しいと言っているんです」

「ソフィア様は、お優しいのですね！」

「ですわ！　私は無知な平民を教育することこそ、貴族の義務だと思いますの」

二人に私に対する悪意はないわ。だけど平民を見下すことを当然だと思っているのよ。

「ええ。それも貴族の義務の一つですが、私は慈悲の心を持つことも大切だと思います」

私の言葉は彼女たちの心に決して届かない。

これが私の限界だった。派閥のみんなと対立してまで、他の生徒を擁護することはできないのよ。

だけど私の心は晴れなかった。

派閥のために彼女たちを守ることが、本当に私のすべきことなの……

『なあ、おまえだって本当はそう思っているんだろう？　やりたくないことに、無理して付き合う必要なんてないからな』

ああ……彼の顔と言葉が頭から離れないわ。

本当に私が望んでいることは……

ステータス

ソフィア・ビクトリノ　一五歳

レベル：１４
HP：５１
MP：７５
STR：３４
DEF：３３
INT：５０
RES：４２
DEX：３５
AGI：３４

◆

天井が高い広々としたホールのような空間。

体長一〇ｍを超える一二体の竜がひしめく。所謂、太古の竜（エンシェントドラゴン）って奴だ。

金色の牙と爪。金属のように硬い鱗を持つ色とりどりの竜たちが、一斉にドラゴンブレスを放って襲い掛かって来る――

今、俺がいるのは、ロナウディア王国とは大陸の反対側にある高難易度（ハイクラス）ダンジョン『竜の王宮』の最下層だ。

『竜の王宮』は高難易度(ハイクラス)ダンジョンの中では最も攻略難易度が高く。俺はグレイとセレナと四年ほど前に攻略済みだ。

ドラゴンブレスを躱(かわ)して、竜の群れの中を擦り抜けながら。禍々(まがまが)しい光を放つ二本の剣で、一体ずつ確実に仕留めていく。

エフェクトと共に、竜が次々と消滅して魔石だけが残る。俺は五分ほどで、一二体の竜を全て片づけた。

「さてと。次はラスボス戦だな」

最下層の一番奥には、巨大な両開きの扉。

扉を開けると視界に広がるのは、さらに数倍ある広大な空間だ。

部屋の奥に佇むのは、さっきの太古の竜(エンシェントドラゴン)が可愛く見えるほど巨大な赤竜――『竜の王宮』のラスボス赤竜王(レッドドラゴンロード)だ。

「だから、反応が遅過ぎるんだよ」

赤竜が焔(ほのお)のブレスを吐く前に、射線を避けて加速する。

赤竜はブレスを放ちながら、射線を動かすけど。ギリギリの距離で躱しながら、距離を詰める。

巨大な身体の下に潜り込んで、二本の剣を叩き込む。

そのまま床を滑るようにして、腹を切り裂く。

「まあ。これくらいじゃ、倒せないよな」

俺の計算通りに、赤竜はまだ生きている。金属すら溶かす灼熱のブレスが空砲に終わると、今度は牙と爪で襲い掛かって来る。

巨体に似合わない素早い動き。だけど俺にとっては遅過ぎる。

奴が振り向く前に後ろに回り込んで、背中からもう一撃食らわす。

それでも赤竜はまだ息があった。俺は巨体を蹴って飛び上がると、奴の顎（あご）の下から剣を突き刺す。

これでようやく、赤竜がエフェクトと共に消滅して。巨大な魔石とドロップアイテムが出現した。

『恋学（コイガク）』の世界は、オーソドックス過ぎて没になったＲＰＧの設定を引き継いでいる。その認識は間違いじゃない。

だけどもっと正確に言えば、王立魔法学院がある王都周辺の地域だけで『恋学（コイガク）』の世界は完結して。その外側は完全にＲＰＧの世界だ。

ロナウディア王国に守られた学院という箱庭で、『恋愛脳』な生徒たちが『恋学（コイガク）』の世界に没頭する。こんな現実を知ってしまうと、結構シュールに感じるよな。

俺は王国宰相の地位を継ぐつもりはないけど。三年間学院に通うことは、父親のダリウスとの約束だし。

『恋学（コイガク）』の攻略対象の一人、エリクが良い奴だったから。他の攻略対象や『恋学（コイガク）』の主人公（ヒロイン）も、実は良い奴かも知れない。

俺はそれを確かめようと思っている。

学院の授業は一五時に終わる。

俺は放課後になると、毎日『転移魔法（テレポート）』で『竜の王宮』に通っている。

グレイとセレナと三人で世界中を回ったときに、各地に転移ポイントを登録済みだから。大抵の場所なら『転移魔法（テレポート）』で移動できる。

結局、俺は学院に通うようになってからも、冒険者を続けている。空き時間に何をしようと自由だからな。

さすがに俺の都合に付き合わせることはできないからな。グレイとセレナのパーティーからは抜けた。だから今はソロでダンジョンを攻略している。

ソロでどこまで通用するか、試したいのもある。

所詮、俺が転生してから、まだ一五年だからな。俺より強い奴なんて、幾らでもいるだろう。だけど逆に言えば、まだまだ上を目指せるってことだ。

今の俺ならソロでも最初の最難関（トップクラス）ダンジョンなら、攻略できる自信がある。だけどソロは失敗したら終わりだからな。慎重に行動しないと。

『竜の王宮』でソロの戦いに慣れて、十分戦えるようになったら。俺は最難関（トップクラス）ダンジョンに挑むつもりだ。

「まあ、今日のところはこれくらいにするか」

ダンジョン内の転移ポイントを使って地上に戻る。

さらに『転移魔法（テレポート）』で移動して、俺は冒険者ギルドがある街に向かった。目的は魔石とドロップアイテムの換金とメシだ。

『転移魔法（テレポート）』を使えば、登録済みならどの街でも行けるけど。俺は昔の知り合いがいる街に行くことにしている。

冒険者ギルドは冒険者たちで溢れていた。

時間は一八時半を少し回ったところ——ロナウディア王国とは時差が二時間あるから、俺の感覚的には二〇時半だ。

ギルドに併設された酒場で、冒険者たちが酒を飲んで盛り上がっている。

「よう、アリウス。今日もいつも通りの時間だな」

「ああ、ゲイル。俺はおまえみたいに適当じゃないからな」

声を掛けて来たのは、頬に傷がある強面の男。A級冒険者のゲイルだ。年齢は確か二八歳で結構年上だけど、俺とゲイルは気安く喋る仲だ。

カーネルの街には、五年ほど前に高難易度ダンジョン『ギュネイの大迷宮』を攻略しているときに、三ヶ月ほど滞在した。

そのときに知り合った冒険者たちは、気の良い奴ばかりで。当時一〇歳で、生意気なガキにしか見えない俺に、気軽に話し掛けて来た。

グレイとセレナと一緒だったことが大きいんだろうけど。カーネルの街に来る前は、それでも俺をガキだと馬鹿にする奴は結構いたからな。

まあ、そういう奴は全部実力で黙らせたけど。

ゲイルたちのテーブルの席が一つ空いていたから勝手に座る。

「それに今は門限があるからな。この時間じゃないと間に合わないんだよ。マスター、肉中心で適当にメシと酒を持って来てくれよ」

俺がマスターと呼んだ男は、五年前も冒険者ギルド飲食部門の責任者だった。

「門限？　何だよ、それ。アリウス、女でもできたのか？」

「いや、そんなんじゃないって。こっちの話だよ」

俺が王立魔法学院に通っていることは、他の冒険者たちには話していない。

そもそも俺がロナウディア王国宰相の息子だってことも、知らないだろう。

俺は冒険者登録するときに、アリウス・ジルベルトじゃなくて、只の『アリウス』で登録したからな。

ロナウディア王国の貴族や学院の連中も、グレイとセレナと一緒に最難関（トップクラス）ダンジョンを攻略したSSS級冒険者アリウスが、アリウス・ジルベルトと同一人物だとは気づいていない筈だ。

俺は八年間も社交界に顔を出していないから、冒険者をしていたこと自体はバレている。

だけどアリウスなんて、めずらしい名前じゃないし。父親のダリウスと母親のレイアに、SSS級冒険者アリウスが俺じゃないかと訊かれても、白を切るように頼んでおいた。

自分の息子がSSS級冒険者なら、隠す筈がないと普通は思うだろう。

SSS級冒険者の俺が、ロナウディア王国宰相の息子だとバレると、色々と面倒なんだよ。訪れた国の王族や貴族に挨拶しろとか、社交界に顔を出せとか言われるだろう。

俺はそんな無駄なことに、時間を使うつもりはないからな。

「なあ、ゲイル。魔石を換金して来るから、俺の注文したモノが来たら、これで払っておいてくれよ」

ゲイルに金貨一枚を渡して、ギルドの受付カウンターに向かう。

「アリウスさん、いらっしゃい。どうせ今日も大量に魔石があるんでしょう？　カウンターに置ききれないから、倉庫に入ってから出してくださいね」

ギルド職員のイメルダ。彼女も五年前からの顔なじみだ。

「俺が帰るまでに換金が間に合わなかったら、金は明日でも構わないからな」

『収納庫（ストレージ）』から大量の魔石を出してもイメルダは驚かない。

五年前に『ギュネイの大迷宮』を攻略したときも、似たようなものだったからな。

「いや、今さら驚きませんけど……毎回この量と質は、どうなんですかね？」

俺は毎日『竜の王宮』の最下層に直行して、五時間くらい連続で魔物を倒している。

『竜の王宮』は『ギュネイの大迷宮』より魔物が強いから、魔石の質は上で。魔物を延々とリポップさせて戦っているから、魔石の数は五〇〇を余裕で超えていた。


ゲイルたちのテーブルに戻ると、料理と酒が運ばれていた。

俺は山盛りの肉にかぶりついて、冷たいエールで流し込む。

学院の学食のメシも悪くないけど。俺はこういう豪快なメシが好きなんだよ。

「マスター、お代わりをくれよ。あとエールもな」

「アリウスは昔から良く食うと思ったけどよ。今はまさに食べ盛りって感じだな。おまえは確か一五歳だったよな。オッサンの俺は、もうそこまで食えねえぜ」

「ゲイル、何言っているんだよ。おまえだって、まだ二八だろう？　冒険者は身体が資本だからな。ガンガン食えって」

「いや、俺は酒で栄養をとっているから良いんだって。それよりも、アリウス。今日、ジェシカが冒険者ギルドに来たぜ。ようやく遠征から戻って来たみたいだな」

「ああ、ジェシカか。あいつはまだこの街をベースにしているんだな」

ジェシカは五年前に、カーネルの街で唯一俺に喧嘩を売った冒険者だ。

いや、向こうが絡んで来たから、実力で黙らせたのは事実だけど。そこまで言うと可哀そうだな。まあ、俺とジェシカは腐れ縁って奴だ。

五年前のジェシカは一五歳だったから、今は二〇歳か。さすがに少しは大人になっただろうけど。当時のジェシカは完全に子供だったからな。

「何だよ、アリウス。反応が薄いな」

「いや、こんなもんだろう。五年前だって、あいつが勝手に絡んで来ただけだからな」

「ああ、そんなこと言うのかよ。ジェシカは昔から美少女だったし、今じゃかなりの別嬪（べっぴん）だぜ。イケメンのアリウスは、女に不自由してないってことか」

「何だよ、ゲイル。俺とジェシカはそんなんじゃないからな」

五年前に一悶着あった後も、俺が冒険者ギルドに来る度にジェシカは絡んで来た。だけど喧嘩を売るような感じじゃなかったからな。面倒というだけで、普通に知り合いとして付き合った。

そう言えば、何故か『伝言（メッセージ）』を、無理矢理登録させられたな。

ジェシカから何度か『伝言』が来たけど。『グレイさんとセレナさんは元気？』とか『今どこのダンジョンを攻略してるの？』とか。毎回大した内容じゃなかったからな。

俺の方は『ああ』とか、ダンジョンの名前だけ返信した。

「なあ、アリウス。もしかして本気で……いや、おまえは昔から嘘は言わねえか。ジェシカが可哀そうになってきたぜ」

「だから、何でそういう話になるんだよ？」

「おまえがこの街にいるって話したら、ジェシカが会いたがっていたからよ」

「ああ、ジェシカはグレイとセレナが一緒だと思っているんだろう。なあ、ゲイル。俺一人だってジェシカに教えてやれよ」

グレイとセレナは、ジェシカの憧れだからな。

「いや、そうじゃなくてよ。おまえが一人だってことは勿論、伝えたぜ。それでもジェシカはおまえに会えるって、喜んでいたんだよ」

「そんな筈ないだろう。だったら何で俺を待たずに帰るんだよ？　グレイとセレナがいないって解ったから、ガッカリして帰ったんじゃないのか」

「アリウス、おまえは女心が解ってねえな。遠征から帰って来たままの薄汚れた姿を、おまえに見せたくないんだよ。おめかしする時間くらいは必要だろう」

女心が解らないって自覚はあるけど。Ａ級冒険者で結構稼いでいるのに、二八歳独身のゲイルには言われたくないな。

そんなことを思っていると、ギルドの扉がバンッと音を立てて開く。

入って来たのは、アッシュグレーの髪をショートボブにした女子。

蒼いハーフプレートを纏う彼女は、『恋学』の主人公のライバルとして登場しそうな美少女
……いや、さすがに美少女という年齢じゃないか。

それでも客観的に言えば、美人なのは間違いない。

「よう、ジェシカ。久しぶりだな」

ジェシカは五年前よりも、身長が伸びて色々と成長している——とりあえず、見た目はな。

だけどゲイルは、ジェシカが着替えて来るようなことを言っていたけど。冒険者の装備を付けたままじゃないか。

やっぱりゲイルの勘違いだろう。手入れをしたのか、剣も鎧もピカピカだけど。

「アリウス……よね？」

ジェシカが戸惑うのも無理はないか。五年前は一〇歳だった俺の方が、成長しているからな。

今の俺は身長一九〇ｃｍを超えて、筋肉も増えている。『恋学』の攻略対象だからか、幾ら鍛えても細マッチョな体形にしかならないけど。

「ああ。残念ながら、グレイとセレナは一緒じゃないけどな」

「それはゲイルから聞いたけど……もう！　あんたは何でカーネルの街に戻っているって、教

えてくれないのよ？　『伝言(メッセージ)』を送ってくれたら、もっと早く戻って来たのに！」

「いや、わざわざ伝えるようなことじゃないだろう。そもそも俺から『伝言(メッセージ)』を送ったことなんてないよな」

「まあ……そうだけど……」

　不満そうなジェシカ。

　ゲイルが口を挟む。

「おい、アリウス。そんなに冷たいことを言うなよ。ジェシカはおまえに追い付こうと頑張って、高難易度(ハイクラス)ダンジョンを攻略したんだぜ」

「ゲ、ゲイル！　何を言ってんのよ？　アリウスのことは関係ないから！」

　なんでジェシカが慌てているのか、解らないけど。

「へえー、ジェシカも『ギュネイの大迷宮』を攻略したのか」

「ううん、『ギュネイの大迷宮』はまだ攻略していないわ。私たちが攻略したのは『ビステルタの門』って名前の高難易度(ハイクラス)ダンジョンよ」

　まあ、『ギュネイの大迷宮』は、高難易度(ハイクラス)ダンジョンの中でも攻略難易度上位だからな。最初に攻略する高難易度(ハイクラス)ダンジョンとしては厳しいよな。

「それでも高難易度(ハイクラス)ダンジョンを攻略したんだから、ジェシカもS級冒険者ってことか」

　冒険者の等級は功績によって決まる。高難易度(ハイクラス)ダンジョンを攻略したなら、S級冒険者に昇格するには十分な功績だ。

「ええ、そうよ。でもあんたに追い付きたいとか、そんな理由で頑張った訳じゃないからね！……今でも、全然追い付けていないけど」

三年ほど前。グレイとセレナと一緒に最初の最難関（トップクラス）ダンジョンを攻略した時点で、俺はSSS級冒険者に昇格している。

ちなみに世界に一〇人しかいないSSS級冒険者になるには、SSS級に相応しい功績を上げた上に。現役のSSS級冒険者の誰かを倒して、序列を奪う必要がある。

勿論、俺も当時のSSS級冒険者を倒して、SSS級に昇格したんだけど。俺のときは不戦勝みたいなものだったからな。

「まあ、そういうのはどうでも良いんだよ」

「え……何よ、どうでも良いって！」

ジェシカが頬を膨らませる。

五年経っても、そういうところは成長していないな。

「いや、理由なんてどうでも良いだろう。ジェシカは実力で、S級冒険者になったんだからな。自分が頑張ったことを、誇って良いと思うぞ」

「アリウス……うん、そうだよね！」

ジェシカは嬉しそうに笑う。何故か顔が赤いけど。

まあ、こいつは機嫌が悪いときは面倒臭いからな。機嫌が良いに越したことはない。

「ところでジェシカ。さっきの感じだと、俺に何か用があるのか？　まあ、立ち話も何だから座れよ……って、席がないか」

俺たちのテーブルの席は、俺とゲイルのパーティーのメンバーで埋まっている。

「おまえも一人って訳じゃないみたいだし。別のテーブルに移るか」

ジェシカの後ろで、ジェシカの後からギルドに入って来た冒険者がニマニマしている。

黒い革鎧を纏った猫耳獣人女子。年齢はジェシカと同じくらいだ。

「マ、マルシア！　いつからそこにいたのよ？」

彼女がいることに気づいていなかったのか。ジェシカが慌てている。

「ねえ、ジェシカ。そこの彼が例のアリウス君だよね？」

「そ、そうだけど……マルシア、絶対に余計なことは言わないでよ！」

「うんうん。解っているって」

マルシアは俺の方に向き直ると。

「アリウス君、初めまして！　あたしはマルシア・エスペル。ジェシカと同じパーティーのS級冒険者だよ。ジェシカから君の噂は予々聞いて……だからジェシカ、安心してよ。余計なことは言わないからね」

「嘘だよ！　マルシアは絶対に余計なことを言おうとしているよ！」

ジェシカがここまで慌てるなんて。俺の悪口でも言ったのかよ。

「とりあえず、俺の自己紹介は必要ないみたいだな」

俺は席から立ち上がる。

「ゲイル、また今度一緒に飲もうな」

「ああ、アリウス。おまえはジェシカの相手をしてやれよ。俺は若い奴の恋路を邪魔するほど、デリカシーのない男じゃないぜ」

「ゲ、ゲイル、何を言っているのよ！　私とアリウスは、そんなんじゃないから！」

ゲイルは勝手に勘違いしているみたいだけど。

今の発言は全然デリカシーがないよな。

◇

ジェシカとマルシアを誘って、俺たちは空いているテーブル席に移動する。

「ジェシカ。今日はS級昇格祝いで奢ってやるよ。マルシアも好きなモノを注文してくれ」

「うん。ありがとう、アリウス」

「さすがはアリウス君、太っ腹だね。マスター、一番高いお酒をボトルで！　あと料理も高い順にジャンジャン持って来てよ！」

何がさすがなのか、良く解らないけど。

マルシアが調子の良い奴だってことは解った。

「マルシア！　あんた、ちょっと待ちなさいよ！」

「いや、別に構わないって。だけどマルシア、注文したモノは全部食えよ。作った奴に失礼だからな」

「うん。勿論だよ。これくらい、全然余裕だから」

三人分の飲み物と料理が次々と運ばれて来る。

マルシアが遠慮なく頼んだから、テーブルが料理の皿で埋め尽くされる。

「もう、マルシアったら……アリウス、ごめんね」

「いや、ジェシカが謝ることじゃないだろう」

俺はエールを飲みながら料理を食べる。

ゲイルたちのテーブルで散々食べたのに、まだ食うのかと言われそうだけど。普通にまだまだ食えるからな。

「それでジェシカ、俺に何の用だよ？」

「え、えっと。その……アリウスとは久しぶりだから、話をしたいって思っただけよ。ねえ、グレイさんとセレナさんは一緒じゃないのよね。もしかしてアリウスは、二人のパーティーから抜けたの？」

「ああ。今はソロでダンジョンを攻略しているよ。家の事情で、故郷に戻ることになったからな。俺の都合に二人を付き合わせる訳にいかないだろう」

「そうか……今、アリウスは一人なんだ。グレイさんとセレナさんに会えなかったのは残念だけど。だったら私と……え？　今、故郷に戻るって言った？　アリウスは帰っちゃうの！」

何故かジェシカがまた慌てている。

「何か誤解しているみたいだけど。俺はもう故郷に戻っているからな。毎日『転移魔法(テレポート)』でダンジョンに通っているんだよ」

「毎日『転移魔法(テレポート)』で？　なんでそんな魔力の無駄遣いをしているのよ？」

第一〇界層魔法の『転移魔法(テレポート)』はＭＰを多く消費するし。距離によって消費するＭＰがさらに増えるから、ジェシカの言いたいことは解る。

だけど俺のＭＰの量なら、全然問題ないからな。

「故郷で別にやることがあるんだよ。だからダンジョンに行くのは夕方からだ」

「そうなんだ……アリウスは忙しいみたいだね」

なんか歯切れが悪いな。ジェシカらしくない。

「なあ、ジェシカ。言いたいことがあるならハッキリ言えよ」

前にも同じようなことを言った気がするけど。

「え……べ、別に、何でもないから……」

「ジェシカは肝心なところでヘタレるよね。まあ、そういうところが可愛いんだけど」

マルシアがニマニマしている。

いや、それよりも俺とジェシカが喋っているうちに。マルシアが大量に頼んだ料理が、全部無くなっていることを突っ込むべきか。

「ちょっと、マルシア！　また余計なことを言おうとしているでしょう！」

「まあまあ。ジェシカ、ここはあたしに任せてよ」

マルシアはニヤーって笑うと。

「ねえ、アリウス君は史上最年少で、ＳＳＳ級冒険者になったんだよね？」

「まあ、そうだけど」

俺がＳＳＳ級冒険者に昇格したのは一二歳だから、確かに史上最年少だな。

だけど俺は転生者だから、最年少なんて言われてもピンと来ない。

「あれ？　だから何だって感じの反応だね」

「実際にそう思っているからな。年齢なんて関係ないだろう。なあ、マルシア。俺を持ち上げて、何を企んでいるんだよ？」

いきなりこんな話を振るとか。どうせ裏があるんだろう。

「嫌だなあ、あたしは何も企んでいないよ。アリウス君に集ろうとか、全然思っていないから」

「マルシア！　あんたはもう十分、アリウスに集っているでしょう！」

「まあ、その話は置いておいて。アリウス君にお願いがあるんだよね。あたしたちと一緒にパーティーを組んでくれないかな？」

「ちょっと、マルシア！　いきなり何を言ってるのよ？」

ジェシカが慌てて止めるけど。マルシアは聞くつもりがないらしい。

「あたしたちもS級冒険者に昇格して、結構強くなったつもりだけど。己惚(うぬぼ)れるのはマズいからね。SSS級冒険者の実力って奴を、見せて欲しいんだよ」

マルシアの言っていることは、一応理に適っている。

だけどそんな殊勝なことを考える奴には見えないけどな。

「今、俺はソロでどこまで戦えるか試しているんだよ。だから当分はパーティーを組むつもりはないからな」

「そこを何とか、お願いできないかな？　ジェシカのS級昇格祝いだと思って」

「だから、マルシア！　アリウスにも都合があるんだから。勝手なことを言ったら、迷惑でしょう！」

ジェシカが俺に気を遣うとか。俺の扱いはもっと悪いと思っていたけど。

ジェシカも成長したってことか。

「なあ、ジェシカ。おまえも俺とパーティーを組みたいのか？」

「そんなこと……まあ、そうだけど。アリウスに悪いから……」

ジェシカも真剣に強くなりたいと思っているんだよな。グレイとセレナが憧れで目標だから。

「だったら今度の週末限定なら、パーティーを組んでも構わないよ」

「え、嘘……アリウス、本当に良いの？」

ジェシカの顔がパッと明るくなる。

「ああ。二日くらいなら付き合ってやるよ。俺もそこまで急いでいる訳じゃないからな」

ソロで最難関（トップクラス）ダンジョンを攻略するのに、焦るのは禁物だからな。

それに五年前はB級だったジェシカが、S級冒険者になったんだ。頑張った奴には何か報いてやりたいと思う。

だけど問題は、マルシアが企んでいることだ。

「なあ、マルシア。おまえは余計なことをするなよ。俺はジェシカとパーティーを組むだけだからな」

「アリウス君は何を言っているのかな？　あたしは何もするつもりはないからね」

アルシアは惚（とぼ）けているけど、考えていることは解っている。

こいつは勘違いしているみたいだけど。俺とジェシカはそういう関係じゃないからな。

「そろそろ門限だから、俺は帰るよ。マスター、会計してくれ」

マルシアが大量に注文したから、結構な金額になったけど。俺はソロで稼いでいるから問題ない。

「アリウス、門限ってどういうことよ？」

「そのままの意味だよ。俺は家の事情で、早く帰らないといけないんだ」

ロナウディア王国とカーネルの街では時差が二時間あるから。寮の門限の午後一〇時までに寮に戻るには、午後八時前に冒険者ギルドを出る必要がある。

『転移魔法（テレポート）』で自分の部屋に直行するから、門限を破ってもバレる可能性は低いけど。万が一、バレると面倒なことになるからな。

「ねえ、アリウス。その……パーティーを組んでくれてありがとう！」

この殊勝なジェシカは何なんだよ？

またマルシアがニマニマしているし。

「じゃあ、俺は帰るからな」

「うん。アリウス、おやすみなさい」

ジェシカに見送られて、俺は冒険者ギルドを後にした。


アリウスに初めて会ったのは、私が一五歳のとき。

私の憧れで目標のグレイさんとセレナさんと、いつも一緒にいる生意気そうな奴――それがアリウスだった。

だけど今は……ちょっと事情が違うのよ。

今の私がグレイさんやセレナさんよりも、誰よりも一番憧れているのは……は、恥ずかしいから、絶対に本人には言えないけど……アリウスなのよね。

順を追って話すわ。まずはどうして私がグレイさんとセレナさんに憧れているのか。

私の両親はトリニカって街で薬屋をやっているんだけど、元は冒険者だったのよ。

だから私は子供の頃から、両親に戦い方を教えて貰った。

だけど子供の頃の私は、真剣に冒険者になろうと思っていた訳じゃないわ。両親が褒めてくれるのが嬉しいから、戦い方を憶えただけ。

そんな私が本気で強くなろうと思ったのは、グレイさんとセレナさんに出会ったから。たぶん二人は憶えていないと思うけど、私は二人に救われたのよ。

ううん、憶えている筈がないわ。私は二人に救って貰った大勢の中の一人だから。

私が子供の頃に、トリニカの街がコボルトの大群に襲われた。

トリニカは人口二〇〇〇人くらいの小さな街で。そんな街が魔物の大群に襲撃されたら、一溜りもないわ。

私の両親は元冒険者だから、真っ先に防戦に向かった。

当時八歳の私は、両親から家に隠れていろと言われたけど。馬鹿な子供だった私は、自分も戦うんだって。練習用の剣を持って家を飛び出したの。

人の叫び声とコボルトの唸り声。大人たちが街を囲む外壁の上にいたから、私も階段を走って外壁に上がった。

そこから見えたのは、外壁をよじ登って襲い掛かって来るたくさんのコボルトたち。獣のような姿で、牙を剥き出しにするコボルトが、物凄く怖かったわ。

大人たちは必死に戦っていたけど、コボルトたちが外壁を突破するのは時間の問題だった。

そんなときに現れたのが、グレイさんとセレナさんだった。

「おまえら、良く頑張ったな」

「あとは私たちに任せて良いわよ」

『飛行（フライ）』で颯爽（さっそう）と飛んで来た二人は、本当に一瞬でコボルトたちを殲滅（せんめつ）してしまった。

あのときの光景を、今でも私は鮮明に覚えている。

これは後から聞いた話だけど。二人はトリニカの街の冒険者ギルドからの応援要請に、一切条件も訊かずに駆けつけてくれたそうよ。

その日からグレイさんとセレナさんは、私の憧れで目標になった。

私は二人のようになりたくて、剣術と魔法を一生懸命練習するようになったわ。

そして一四歳の誕生日に、私は冒険者になった。

冒険者になってからも、私は早くグレイさんやセレナさんみたいに強くなりたくて。魔物を討伐するときも、ダンジョンに挑むときも、常に一番先頭に立って戦ったわ。

魔物がどんなに強くても、決して退かなかった。

そんな私について行けないって。パーティーのメンバーが辞めてしまうこともあったわ。だけど私は必死に頑張って、一年でB級冒険者になったの。

B級冒険者になった私が、向かったのはカーネルの街。冒険者の登竜門と言われる高難易度（ハイクラス）ダンジョン『ギュネイの大迷宮』に挑むためよ。

B級冒険者の私が、高難易度（ハイクラス）ダンジョンを攻略できるなんて思っていなかったけど。『ギュネイの大迷宮』の上層部は、中難易度（ミドルクラス）ダンジョン並みの攻略難易度だから。順を追って腕を上げるにはもってこいの場所だったのよ。

そして『ギュネイの大迷宮』の攻略を始めてから半年くらいたった頃。私は予想外の幸運に恵まれたわ。

私の憧れで目標のグレイさんとセレナさんが、『ギュネイの大迷宮』を攻略するためにカーネルの街にやって来たのよ。

だけど初めは遠くから二人を眺めることしかできなかった。

だって私が勝手に憧れているだけで、ＳＳＳ級冒険者のグレイさんとセレナさんは雲の上の存在だから。

だけど何故か二人といつも一緒に、銀色の髪の生意気そうな奴——アリウスがいたのよ。

たぶん私よりも年下で実力もない奴が、なんでグレイさんとセレナさんと一緒にいるの？

私は必死に頑張って、一五歳でＢ級冒険者になったのに。年下が私よりも強い筈がないって……今思えば、己惚れていたのよね。

生意気そうな奴は、たぶんグレイさんとセレナさんの知り合いだけど。知り合いって理由だけで、二人と一緒にいるのはズルいって。だんだん腹が立って来たの。

だから私はアリウスに、喧嘩を売るような真似をしたんだけど——結果は勝負にもならなかったわ。

悔しいけど、認めるしかなかった。

アリウスが強過ぎるのもあるけど——只強いだけじゃなくて。アリウスは私よりも、ずっと努力していることが解ったから。

私も必死で頑張って来たから。アリウスと話をすれば、どれだけ頑張っているのか直ぐに解ったわ。

アリウスは小さい頃から、毎日物凄い鍛錬を続けていて。グレイさんとセレナさんとパーティーを組んでからも、二人に頼らないで戦っていた。

だけど全然必死そうに見えないのは、アリウスがそれを当たり前だと思っているから。

私じゃアリウスには勝てないと、素直にそう思ったわ。

だけど同時に、私もアリウスみたいになりたいって。

恥ずかしいから、本人には絶対に言わないけど。アリウスは私のもう一人の憧れで目標になった。


アリウスと毎日冒険者ギルドで話すようになって、私は嬉しかった。

だけどそんな時間は長く続かなかったわ。

アリウスたちが『ギュネイの大迷宮』を攻略して、カーネルの街から離れることになったから。

アリウスがカーネルの街を離れるとき。私は強引に『伝言（メッセージ）』を登録させた。

そして何かと理由をつけて、『伝言（メッセージ）』を送ったけど。アリウスの方から『伝言（メッセージ）』をくれることはなかったのよね。

結局のところ、私がアリウスに相手にされていないことは解っていた。

だから私はアリウスに認めて貰うために、もっと強くなろうと必死に頑張ったわ。そしてアリウスと別れてから五年経って、私はS級冒険者になった。

だけどアリウスは三年くらい前に、グレイさんとセレナさんと同じSSS級冒険者になっているのよね。私がどんなに頑張っても、アリウスに全然追いつけないじゃない。

このままだと、永遠にアリウスに認めて貰えないかも……そんなことを考えていたら、突然アリウスがカーネルの街に帰って来たのよ！


べ、別に……私はアリウスに会えることが嬉しかった訳じゃないから！

アリウスは『伝言（メッセージ）』も適当だし。カーネルの街に戻って来たのに、教えてくれないから。私は文句を言いたかっただけよ。

どうせアリウスは私のことなんか……

「ジェシカは実力で、S級になったんだからな。自分が頑張ったことを、誇って良いと思うぞ」

だけどアリウスは、私が頑張ったことを褒めてくれた。

それに……一緒にパーティーを組んでくれるって言ってくれたのよ！

「ねえ、アリウス。その……パーティーを組んでくれてありがとう！」

なんとか素直に言えた。

だけど、どうしよう……嬉し過ぎて頬が緩んじゃう！

そんな顔をアリウスに見せるなんて恥ずかしいし、マルシアが絶対に余計なことを言うから。

私は必死になって我慢していた。

　次の日。学院の午前の授業は剣術だった。

　王立魔法学院なのに剣術の授業が必修なのは、ロナウディア王国貴族の大半が騎士学校じゃなくて、この学院に入学するからだ。

　剣術の授業は俺たち一年Ａ組とＢ組が合同で行なう。

　Ｂ組には昨日一悶着あったソフィアと、『恋学（コイガク）』のもう一人の攻略対象がいるんだよな。

　ちなみに剣術の授業のときも、俺は眼鏡を掛けたままだ。

　約五〇ｍ四方の修練場に移動すると。俺に気づいたソフィアが、こっちを見て睨んでいる。

　ソフィアの取り巻きたちも、コソコソ何か喋っているな。

「アリウスは、昨日ソフィアと何かあったみたいだね」

　エリクがソフィアを見ながら、話し掛けて来る。俺に文句を言いたいとか、そんな感じじゃなくて。いつもの爽やかな笑みを浮かべながら。

「ああ。俺の知り合いとソフィアたちが一悶着あってさ。俺が仲裁に入ったときに、ソフィアが美少女だから思わず見惚れたんだよ」

別に隠すようなことじゃないから、素直に応える。ソフィアに見惚れたのは嘘だけど。

「そうみたいだね。君がキスしようとしたって噂になっているよ」

「それは誤解だな。俺はソフィアの顔を覗き込んだだけだよ」

「おい、アリウス！　貴様……ソフィア嬢はエリク殿下の婚約者だぞ！」

取り巻きのラグナスが割り込んで来る。

ラグナスは公爵の息子だから、只の取り巻きと言うには大物だけどな。

「ああ、勿論知っているけど。見惚れたんだから仕方ないだろう？　エリクが怒っているなら謝るけど」

「何だと、貴様……良い加減に自分の立場を弁えろ！」

ラグナスがヒートアップする。

だけどエリクは爽やかな笑みを浮かべたままだ。

「ねえ、ラグナス。アリウスがソフィアにキスをしようとしたんじゃないなら、僕は構わないよ。だけどアリウスもソフィアの件については、少し自重してくれると嬉しいかな。彼女は僕の婚約者だからね」

「解った。これからは俺も気をつけるよ」

エリクにとってソフィアは政略結婚の相手だから。ゲームでもエリクのソフィアに対する恋愛感情は薄かった。

まあ、エリクが本気でソフィアに惚れていたら、主人公が入る余地がなくなるからな。

「ですが、エリク殿下……」

「ほら、ラグナス。授業が始まるよ」

担当教師がやって来て、剣術の授業が始まる。

合同クラスの生徒たちは男女に分かれて、修練場の半面ずつを使って軽いストレッチを始める。

ストレッチが終わると、教師の指示で用具室に剣を取りに行く。男子は刃を潰した本物の剣で女子は木剣だ。

先週行なった最初の剣術の授業では、ここから素振りや型などの基礎練習だった。

「じゃあ、二人ずつペアになってくれ。これから立ち合いを始める」

おい、ちょっと待てよ。ツッコミどころ満載だな。

最初の授業だけで、基礎練習は終わりってことか？

剣に精通している奴なら、基礎練習の重要さは理解している筈だ。

それでも百歩譲って。生徒たちのレベルがそれなりなら、まだ解るけど。大半の生徒の剣術の腕は、冗談だろうってレベルだからな。

「おい、アリウス。本来ならば私はエリク殿下の相手をするべきだが。貴様に騎士道精神を教えてやろう！」

俺の相手はラグナスらしい。ラグナスとペアを組んだ憶えはないけどな。

いきなり全力で踏み込んで来たラグナスの剣を受け流す。手を抜くと変な癖がつくから、受け流すことに専念する。

「クソ……なんで当たらない！」

俺が実力を示す必要なんてないからな。時間一杯、受け流し続ける。

勢い余ったラグナスが勝手に剣を落としたときは、どうしようかと思ったけど。

「馬鹿な……何かの間違いだ……」

愕然としているラグナスを放置して、修練場の端に座る。

まあ、『卑怯な手を使ったに決まっている！』とか、ベタな言い掛かりをつけて来ないだけマシか。

「おまえがロナウディア王国宰相の息子、アリウス・ジルベルトか」

自信満々に話し掛けて来たのは、身長が一九〇ｃｍ近くある男子だ。

燃えるような赤い髪と褐色の肌。野性的なイケメンの顔と、鍛え上げられた筋肉質な身体。

こいつはＢ組にいる『恋学（コイガク）』の攻略対象の一人、大国グランブレイド帝国からの留学生バーン・レニング第三皇子。

「さっきの剣の動き……おまえは素人じゃないな。さすがは元ＳＳ級冒険者の息子ってところか」

ゲームのバーンは『恋学（コイガク）』の攻略対象の中でも、アリウスの次にステータスが高い。

それに剣のスキルレベルは、攻略対象随一だった。

「バーン殿下は俺の親のことに詳しいみたいだな」

父親のダリウスと母親のレイアは、グレイとセレナと一緒に最難関（トップクラス）ダンジョンを攻略しているからな。功績的には、ＳＳＳ級に昇格する条件を満たしていた。

だけどＳＳＳ級冒険者に挑む前に、冒険者を引退している。

「留学する国の重要人物のことを、調べるのは当然だぜ。まあ、そんなことよりも……アリウス、今度は俺と勝負しろ。さっきみたいに手を抜かずにな」

上から見下ろして威圧するような態度。高身長な奴の典型的な行動パターンだな。

「俺は別に構わないけど」

だけど俺の方が、身長が高いからな。

立ち上がって目線を合わせると、バーンは対抗意識からか。さりげなく踵（かかと）を上げたのが、ちょっと笑えるけど。

まあ、己惚れが強い皇子の相手をするのも良い経験だ。

俺は七歳で冒険者になったから、子供だと馬鹿にする奴の相手は何度も経験している。

だけど今度の相手は冒険者じゃなくて皇子だからな。力ずくで黙らせるのは正解じゃない。

「アリウス、行くぜ！」

バーンはラグナスのように闇雲に突っ込んでは来ない。

ゆっくりと距離を詰めて、自分の間合いになると全力で剣を振り抜く。

俺が受け流すと、即座に二撃目が来た。

再び受け流すと三撃目。その後も同じことの繰り返しだ。

「おい、アリウス……手を抜くなと言った筈だぜ！」

バーンは手を止めて、俺を睨みつける。

「バーン殿下。俺は手を抜かないで、真面目に受け流しているだろう」

「ふざけるな！　そっちも攻撃して来いよ！」

バーンはゲームと同じように、ステータスが高くてレベルも高い。だけどあくまでも学院の生徒としてはだ。

冒険者なら、せいぜいC級ってところだから。俺が真面(まとも)に攻撃したら、刃を潰した剣でも完全にオーバーキルだ。

だけど下手に手加減して、変な癖がつくのは嫌だからな。

まあ、こういうときは――

「解ったよ。じゃあ、攻撃するからな」

「ああ、望むところ……な、なんだと！」

バーンが声を詰まらせたのは、突然剣が粉々に砕けたからだ。

「俺は元ＳＳ級冒険者の親に鍛えられているからな」

剣を砕くだけなら、Ａ級冒険者でもできるからな。元ＳＳ級冒険者の息子なら、それくらいの実力があっても不思議じゃないだろう。

剣を持っている相手に衝撃を与えないで剣を砕くには、もっと精密な魔力操作が必要だけど。

「アリウス、おまえ……」

バーンは刃がなくなった剣と、俺の顔を交互に見る。

「凄いな！　おまえみたいな奴は、グランブレイド帝国にもいないぜ！」

素直な称賛。こいつ、意外と良い奴だな。

「バーン殿下、大袈裟だな。これくらいできる奴は、帝国にもたくさんいるだろう」

「いや、それにしてもだ……アリウス、俺はおまえの実力を認めるぜ」

バーンが右手を差し出す。握手を求めているってことだよな。

バトル漫画みたいなノリは好きじゃないけど。仕方ないから握手する。

「改めて。俺はバーン・レニングだ。アリウス、よろしく頼むぜ。これからは『殿下』じゃなくて、バーンと呼び捨てにしてくれ」

「ああ、バーン。こちらこそ、よろしくな」

周りの生徒たちが注目している。

俺は他人がどう思おうと別に構わないけど。バーンの暑苦しいノリは、ちょっと恥ずかしいな。

俺たちに注目している生徒たちの中に、ソフィアと彼女の取り巻きたちもいる。

「さすがはアリウスだね。バーン殿下も学院の生徒の中では、屈指の実力者だけど。アリウスは文字通りにレベルが違うからね」

「エリク殿下……」

いつの間にかエリクがソフィアの隣にいて、何か話している。

エリクは本当に良い奴だけど、油断ならないからな。

ときどき何気ない発言――いや、何気なさを装った発言の中に、強かさが滲み出ている。

ロナウディア王国で、俺がSSS級冒険者だと気づいている奴がいるとしたら。一番可能性が高いのはエリクだろう。

まあ、それは置いておいて。傍（はた）から見ても、エリクとソフィアはお似合いだよな。

『恋学（コイガク）』の世界なんて、冒険者の俺には関係ないけど。ソフィアが実は良い奴なことは解っているからな。

ソフィアが『恋愛脳』な奴らに振り回されて、悪役令嬢になる姿は見たくない。

だけど、ソフィア。なんでおまえは、また俺を睨んでいるんだよ？

私は乙女ゲーム『恋愛魔法学院』、通称『恋学（コイガク）』の世界に転生した。

主人公（ヒロイン）のミリア・ロンドとして……たぶんね。

断言できないのは、『恋学（コイガク）』以外の前世の記憶が曖昧だから。自分が誰だったのかすら、思い出せない……

『恋学（コイガク）』が好きだったことは憶えているわ。だけど『恋学（コイガク）』のことを思い出すと……何故か悲しくなる。

大切な誰かと遊んだような気がする。だけどそれが誰なのか思い出せなくて……悲しい気持ちだけが甦るのよ。

ゲームの世界に転生したなんて、前世の記憶自体が私の妄想なのかも知れない。

だけどそれは違うと思うわ。『恋学（コイガク）』の記憶が、あまりにも鮮明だから。

妄想じゃないことを確かめる方法ならある。私は魔法の才能を認められて、『恋学（コイガク）』の舞台である王立魔法学院に入学するから。

私の記憶通りにイベントが展開すれば、前世の記憶が本物だと証明できる筈よ。

田舎街から王都にやって来た私は、『恋学（コイガク）』の最初のイベントに遭遇する。

学院の寮に向かう途中、貴族の馬車を避けて怪我をした子供がいた。私は彼の傷を『治療（ヒール）』

の魔法で癒やす。

「お姉ちゃん、ありがとう」

「別にいいよ。それよりも、怪我が治って良かったわね」

『恋学(コイガク)』の攻略対象の一人、ロナウディア王国第一王子エリク・スタリオンに見られていたことは確認済みよ。

私は学院の制服を着ているから、これでエリクに学院の生徒だと知られたことになる。


学院の寮に到着すると、今度は金髪碧眼(へきがん)で影のあるイケメンに声を掛けられる。

「おまえ……田舎娘丸出しだな。髪型がダサい」

彼はエリクの双子の弟、第二王子のジーク・スタリオン。

ジークも『恋学(コイガク)』の攻略対象の一人で、前世の記憶では私の推しキャラだったわ。

「ええ、そうでしょうね。どうせ私は田舎街出身の平民の娘ですから。王都の貴族様は私の気持ちなんて解りませんよね」

「い、いや……俺はそんなつもりじゃなくて……」

ゲームと同じ台詞にジークが慌てる。

ジークは肉食系男子なイメージなのに、自分が相手を傷つけると直ぐに動揺するのよ。

「ジーク様……この女は何者ですの？」

「いや、サーシャ……俺たちは偶然居合わせただけだ」

ピンクゴールドの綺麗な髪と水色の瞳の美少女。彼女はサーシャ・ブランカード。

ブランカード侯爵家の令嬢で、ジークの婚約者だ。

「本当に……本当ですの？」

サーシャのジト目。

彼女は本気でジークが好きだという設定だったわ。

「そうですよ。私たちは偶然会っただけで、何の関係もありません。私は荷物の片づけがありますので、これで失礼します」

『恋学（コイガク）』の主人公（ヒロイン）ミリアはツンデレキャラで、最初は攻略対象たちに素っ気ない態度を取る。

それが攻略対象たちには新鮮で、ミリアに興味を持つのよ。

ジークは呆気に取られた顔で私を見ていたけど、最後にクスリと笑った。

これがミリアとジークの最初のイベント……うん。全部、私の記憶通りだわ。

私は前世の記憶が本物だと確信する。

『恋学（コイガク）』の記憶を思い出すと何故か悲しくなるけど。前世の私は『恋学（コイガク）』が大好きだった。

大好きなゲームの世界に転生するなんて奇跡だから――私はゲームのミリアを演じようと思うわ。

大好きだったゲームの世界を壊さないために。

それからも前世の記憶通りに事態が展開して。私は『恋学（コイガク）』のイベントを淡々とこなしたわ。

学院生活二週目。次は三人目の攻略対象、王国宰相の息子アリウス・ジルベルトと出会うイベントが発生するタイミングよ。

私が向かったのは学院の図書室。

勉強熱心なミリアは授業で解らないところがあって、調べものをするために図書室に向かうという設定で。

そこで同じように勉強好きなアリウスと出会う。

同じ本を取ろうとして指先が重なるというベタなイベントの筈だけど……

「ノエル、その公式は間違っているよ。こっちの公式を当て嵌（は）めるんだって」

「うん、そうか……本当だ。さすがはアリウス君だね！」

アリウスは三つ編みに眼鏡の地味な女の子に勉強を教えていた。

こんなシーン、ゲームにはなかった筈よ。

それにアリウスの雰囲気も……アリウスはインテリ系眼鏡男子で、寡黙で優しい草食系の筈なのに。

女の子と話しているアリウスは確かに眼鏡を掛けているけど……全然草食系に見えないわ。

身長は一九〇ｃｍを超えているし。制服を着ていても解る筋肉質な身体。

そして、なんと言うか……ゲームとは別の意味で存在感があるのよ。

アリウスは『恋学(コイガク)』の攻略対象のイケメンだから、目立つのは当然だけど。

今のアリウスは寡黙で優しいイメージとは真逆で、唯我独尊というか。俺様という感じで、目立ち捲(まく)っているわ。

え……どうしてアリウスがゲームと別人みたいなの？

混乱する私とアリウスの視線が不意に重なる。

「なあ、おまえ。さっきから、なんで俺のことを見ているんだよ？」

全てを見透かすような氷青色(アイスブルー)の瞳。口元に浮かぶ余裕の笑み。

それはまるで……私がミリアを演じていることに気づいているみたい。

でもこの表情……どこかで見たことがある気がする。

だけど誰なのか……思い出せないのよ。

「あの……ごめんなさい！」

「おい、ちょっと待てよ」

アリウスの制止を振り切って、私は図書室から逃げ出す。

理由は自分でも解らない。だけど何故か、私は後ろめたさを感じていた。

図書室から教室に戻る途中で、次のイベントのことを思い出す。

ゲームではアリウスと指先が触れたことを思い出しながら、ミリアがぼうっと廊下を歩いていると。貴族の生徒とぶつかって絡まれるというイベント。

絡んで来るのは、エリクの婚約者である悪役令嬢ソフィアとその取り巻きたち。

貴族たちに毅然と立ち向かうミリアの姿を、偶然通り掛かったエリクが見て好感度が上がって。エリクがミリアを助けることで、二人の中が深まるという流れだ。

「あ、ごめんなさい……」

「ちょっと。そこの平民、待ちなさいよ！」

肩がぶつかった貴族に絡まれる。ここまではゲームと同じ展開ね。

だけどゲームとは状況が違うことに私は気づく。

「イザベラ。ソフィア様が平民には慈悲の心を持てと言っていましたわよね？」

「ええ、ローラ。ですがソフィア様はお優しいだけで。私たちに強制した訳ではありませんわ」

「そうですわね……ソフィア様が私たちよりも平民を優先するなんて、あり得ませんわ！」

こんな台詞はゲームにはなかったわ。

如何にも貴族という感じの二人が、私の前に立ち塞がる。

ゲームだと、ここで悪役令嬢のソフィアが登場する筈だけど。彼女の姿はなかった。

「さあ、平民。貴族に無礼なことをすればどうなるか、教えてあげますわ」

私は両腕を掴まれて中庭に連行される。
これもゲームと同じ展開だけど、ソフィアは一向に現れない。
それにもう一つ……ゲームとは違うことがあるわ。
理由は解らないけど。
図書室から追い掛けて来たアリウスが、私たちの様子を見ていた。

ステータス

ミリア・ロンド　一五歳
レベル：22
HP：92
MP：128
STR：51
DEF：50
INT：74
RES：73
DEX：52
AGI：50

図書室でノエルと話しているときに感じた視線。

視線の先には純白の髪と紫紺の瞳の女子がいた。

ああ。そう言えば『恋学（コイガク）』の主人公（ヒロイン）ミリア・ロンドと、アリウスが出会うイベントが発生するタイミングだった。

だけど俺は『恋学（コイガク）』のイベントに、素直に従うつもりはないんだよ。

「なあ、おまえ。さっきから、なんで俺のことを見ているんだよ？」

わざと突き放すように言う。ミリアの反応を探るためだ。

「あの……ごめんなさい！」

いきなり逃げ出すミリア。反応に違和感があるな。

ゲームのミリアはツンデレキャラだから、ここは怒るところだろう。

「おい、ちょっと待てよ」

興味が湧いた俺はミリアを追い掛ける。

追いつくのは簡単だけど、続けざまに次のイベントが起きることが解っているからな。距離を置いて様子を窺（うかが）うことにする。

「あ、ごめんなさい……」

「ちょっと。そこの平民、待ちなさいよ！」

ミリアと貴族女子の肩がぶつかってイベントが始まる。

「イザベラ。ソフィア様が平民には慈悲の心を持てと言っていましたわよね？」

「ええ、ローラ。ですがソフィア様はお優しいだけで。私たちに強制した訳ではありませんわ」

「そうですわね……ソフィア様が私たちよりも平民を優先するなんて、あり得ませんわ！」

このイベントで、ミリアとソフィアが対立して。そこにエリクが仲裁に入る筈だ。

だけどソフィアの姿はなくて、取り巻きたちがミリアを中庭へと連行していく。

ゲームと違って、ソフィアは関与していないってことか？

まあ、本人に訊くのが手っ取り早いな。

俺はソフィアのクラスである一年B組に向かった。


「アリウスじゃないか。俺に会いに来たのか？」

燃えるような赤い髪と、褐色の肌の野性的なイケメン。バーンが白い歯を見せて笑う。

そう言えば、こいつもソフィアと同じB組だったな。

「いや、おまえじゃなくて。俺はソフィアに用があるんだよ」

俺はバーンの前を素通りして、ソフィアの席に向かう。

学食でのことが噂になっているからだろう。『恋愛脳』な女子たちが俺とソフィアに注目している。

「アリウス様……どういうつもりですか？」

「なあ、ソフィア。そろそろ様付けは止めろよ。俺のことは呼び捨てで構わないからな」

「人を呼び捨てにする貴方が、非常識なだけです！」

ソフィアは何故か顔を赤くして、非難の視線を向ける。

「そんなことよりも。おまえの派閥の女子たちが、平民の生徒を連行して中庭に行ったんだけど。何か知っているか？」

「え……何ですって！」

ソフィアは慌てて駆け出す。

俺もソフィアを追い掛けて、Ｂ組の教室を出て行こうとすると。

「なあ、アリウス。ちょっと冷たくないか？　俺とおまえは親友だよな」

いや、いつから親友になったんだよ？　バーンの発言に思わず苦笑する。

「だったら、おまえも一緒に来るか？」

これでもバーンは大国グランブレイド帝国の第三皇子だからな。

何かの役に立つかも知れない。

「ああ、勿論だぜ。ソフィア嬢が慌てて出て行ったからな。何か事件が起きているんだろう？」

こいつ、意外と鋭いな。

「まあ、そんなところだ。だけどバーン、勝手に手出しをするなよ」

「ああ。解っているぜ、親友！」

バーンが白い歯を見せて笑う。

こいつは良い奴だけど、いちいち暑苦しいよな。

俺たちが中庭に到着すると。ソフィアの派閥の貴族女子たちがミリアを取り囲んでいた。

慌てて駆けつけたソフィアが、そこに割って入る。

「貴方たちは、何をしているんですか！」

「「「ソフィア様……」」」

貴族女子たちがバツの悪い顔をする。だけどノエルを真っ先に攻撃した二人だけは、素知らぬ顔をしている。

「ソフィア様、私たちは平民を教育してるんですわ」

「そうですわ。ソフィア様もそれは解ると仰っていましたわ」

「イザベラ、ローラ。確かにそうですが……」

ビクトリノ公爵の娘であるソフィアには、派閥に所属する貴族女子たちを守る義務がある。

たとえ彼女たちの方に非があったとしても。

ソフィアにとっては、ここが正念場だな。

俺は『恋学（コイガク）』のイベントなんて興味ないけど。ソフィアをけしかけたのは俺だからな。最後まで見届ける責任がある。

「そういうことですので、続きをしますわ。そこの平民、貴方に自分の立場を解らせてあげますわ。さあ、貴族である私にぶつかったことを、身を以（もっ）て謝罪しなさい」

貴族女子たちが、ミリアを無理矢理押さえつける。

「放してよ！　ぶつかった私も悪いけど、こんな一方的なのってないわ！」

ミリアは抵抗するけど、所詮は多勢に無勢だ。地面に組み伏せられてしまう。

土で汚れるミリアの顔。イザベラは嘲笑うと、ミリアの頭を踏みつけようとする。

「イザベラ、止めなさい！」

ソフィアの命令口調を聞くのは初めてだな。

「ソフィア様……まさか、ソフィア様は平民の味方をしますの？　そんな筈はありませんわね」

「そうですわ。お優しいソフィア様が、私たちに命令するなんてあり得ませんわ」

イザベラとローラはタカを括っているけど。

「イザベラ、私は止めろと言っているんです！　貴方は自分が何をしようとしたのか、解っているんですか？」

ソフィアは二人を睨みつける。

「誰の味方をするとか、そういう話ではありません。貴方たちがしたことは貴族として……いいえ、人として恥ずべき行為です！」

覚悟を決めた。ソフィアはそういう顔をしている。

「貴方たちが他の生徒を傷つけるなら、私は絶対に許しません！」

毅然と言い放つ。やっぱり、ソフィアは良い奴だよな。

イザベラとローラはソフィアの変化に狼狽しながらも、まだ抵抗を続けている。

「ソフィア様……それは私たち派閥の貴族を、切り捨てるということですか？」

「そんなこと、あり得ませんわ……貴族にとって派閥以上に、大切なモノなどありませんから」

派閥を盾にするような発言。

だけど覚悟を決めたソフィアに、そんな言葉が響く筈もなかった。

「貴方たちが人として恥ずべきことをするなら、派閥など関係ありません。むしろそのような行為を見過ごせば、ビクトリノ公爵家の名を汚すことになります。これ以上続けるなら、貴方たちを派閥から除名します！」

ビクトリノ公爵家の当主じゃないソフィアに、そんな権限はない。

だけど派閥に所属する貴族たちの前で宣言することは、ソフィアの固い意志を示す行為だ。

それに気づいたイザベラとローラは、顔面蒼白になって黙り込む。

「貴方たちも彼女から早く手を放しなさい」

「「「は、はい、ソフィア様！」」」

ミリアを組み伏せていた貴族女子たちが、慌てて解放する。

ソフィアはミリアに近づくと。自分の服が汚れることも気にしないで、ミリアを抱き起こして深々と頭を下げた。

「貴方には派閥の者たちが、大変失礼なことをしました。本当に申し訳ありません。ビクトリノ公爵家の名に懸けて、この償いは必ずさせて頂きます」

公爵令嬢であるソフィアが平民に頭を下げる。それ自体が貴族女子たちにとって衝撃的だろう。

だけどそんなことをソフィアにさせてしまった自分たちの罪の重さに、貴族女子たちは気づいて愕然とする。

「そこまでしなくても……貴方がやったことじゃないのに」

ミリアの方は、誠心誠意謝るソフィアに戸惑っている。

このミリアの反応って……やっぱり違和感を感じるんだよな。

「いいえ、派閥の者がしたことは私の責任です。大変申し遅れましたが、私はソフィア・ビクトリノと申します。貴方のお名前を伺ってもよろしいですか？」

「は、はい。私はミリア・ロンドです」

「では、ミリアさん。今回の償いは必ずさせて頂きます。ですが今日のところは、大変申し訳ありません。私は彼女たちと話をする必要がありますので、失礼させて頂きます」

ソフィアは再び貴族女子たちを睨みつける。

この展開だと俺の出番はなさそうだな。そんなことを考えていると。

「なかなか凄い状況になっているね」

いつもの爽やかな笑顔でエリクが登場した。

「「「「「エリク殿下……」」」」」

ソフィアと貴族女子たちの声が重なる。

まあ、エリクはこのイベントのキーマンだからな。ゲームと展開が全然違うけど。

ソフィアはエリクの前に進み出る。

「私はエリク殿下にお詫びしなければなりません。派閥の者たちが人として恥ずべき行為をしたことは、殿下の顔に泥を塗ることになります。私をどのように処罰して頂いても構いません」

覚悟を決めたソフィアに迷いはない。彼女が言った処罰には、エリクとの婚約破棄も含まれるだろう。

それに対してイザベラとローラ、そして他の貴族女子たちには何の覚悟もないみたいだな。

まあ、こいつらのことはどうでも良いけど。

「なあ、エリク。俺が口を挟むことじゃないけど。一言だけ良いか」

今回、俺の出番はないと思っていた。

余計なお世話だってことも解っている。

だけどソフィアをけしかけたのは俺だからな。最悪な状況になることを防ぐ責任がある。

「「「「アリウス様……」」」」

エリクとは別の意味で、俺の登場に貴族女子たちが慌てる。俺はこいつらのことを学食で掻き回したからな。

「今回の件はソフィアの知らないところで、こいつらが勝手にやったことだ。こいつらがその女子を、中庭に連れて行くところを俺が見掛けて。ソフィアに教えたら慌てて止めに来たんだよ。事の次第は俺も全部見ていた。ソフィアは何も悪くないからな」

「ああ、その通りだぜ。エリク殿下、ソフィア嬢に一切非がないことは俺も保証するぜ」

「「「「バーン殿下！」」」」

三人目の攻略対象の登場に、貴族女子たちが再び慌てる。

今度の反応は、なんでバーンまでいるのかって感じだな。まあ、俺が保険として連れてきたんだけど。

エリクは良い奴だけど、何を考えているか解らないところがあるからな。

ゲームだと、このイベントでソフィアが悪役令嬢だと確定するから。証人は多い方が良い。

「バーン殿下については意外だけど。二人ともソフィアを擁護してくれるんだね。だけど僕だって、ソフィアのことを疑っていないよ」

エリクはいつもの爽やかな笑顔で応える。

「僕は彼女を傷つけた君たちのことを、全てソフィアに任せるつもりだよ。僕が王子の立場で処分するとか、そんなことは一切考えていないからね」

エリクの言葉に貴族女子たちがほっと胸を撫で下ろす。だけどおまえたちは許された訳じゃないからな。

「だったら良いんだけど。じゃあ、バーン。俺たちは退散するか」

俺たちがいると、ソフィアと貴族女子たちの話が進まないからな。

「だけどその前に。おまえ、ミリアって言ったよな。ちょっと待っていろよ」

俺はミリアに近づいて『浄化（ピュリファイ）』と、念のために『治癒（ヒール）』を発動する。

これでミリアの身体と服は、何事もなかったかのように元通りになった。

無詠唱で魔法を発動したことに、驚かれるのはいつものことだけど。今回一番驚いているのはミリアだ。

まあ、こいつは俺が魔法を発動するところを初めて見るからな。

「え……なんで、アリウスが『治癒（ヒール）』を使えるのよ？」

声が小さ過ぎて良く聞こえないけど。何かブツブツ言っているな。

まあ、それは良いんだけど――やっぱり、ミリアには違和感がある。

エリクやソフィア、バーンもゲームとは全然イメージが違うけど。ミリアの場合はそれだけじゃなくて。まるで誰かが**ミリアを演じている**ような違和感があるんだよ。

ミリアにはさっき初めて会ったばかりだから、まだ確証はないけど。

とりあえず、用は済んだからな。今度こそ本当に退散しようとすると。

「アリウス様、ちょっと待ってください！」

ソフィアに呼び止められる。

「だから、様付けは止めろって言っているだろう。それで、俺に何の用だよ？」

「私を擁護してくれて、ありがとうございます。ですが……貴方が私に良くしてくれる理由が解りません。それに……こんなことを言っては何ですが、私には派閥の者たちが行なったことの責任を取る義務があります。私だけ罰せられないのは道理に適いません」

ソフィアは真っ直ぐ俺を見る。これが本当のソフィアなんだろう。

良い奴なのは子供の頃と変わらないけど、ソフィアは強くなったな。

「ソフィアが礼を言う必要なんてないよ。俺が勝手にやったことだし、俺は事実を言っただけだからな。それに派閥の奴らがやったことの責任を取るのは、組織としては当然なんだろうけど。俺は派閥なんて興味ないからな」

「ア……貴方だって貴族なんですから、派閥に興味がないでは済まされないでしょう？」

今、『アリウス』と言おうとして、途中で止めたよな。

「いや、別に構わないだろう。俺の親は派閥なんて作っていないし。そもそも俺が爵位を継ぐ可能性は低いからな」

「え……貴方はジルベルト侯爵家の嫡男ですよね？」

「まあ、そうだけど。両親は俺の好きにして構わないと言っているし。俺には弟と妹がいるからな」

俺が冒険者になって直ぐに、双子の弟と妹が生まれた。今年九歳になるシリウスとアリシアだ。

シリウスとアリシアには二人が生まれたときと、毎年二人の誕生日に会っているくらいで。学院に入学するために王都に戻ってからも、寮に入る前に一度会っただけだからな。

今でもイマイチ兄弟って実感がないんだけど。

「爵位を継ぐ可能性が低いって。アリウス、それは僕も初耳だね」

エリクが爽やかな笑顔で口を挟む。だけど目は笑っていない。

「君に宰相になって貰わないと僕が困るんだよ。僕が国王になったときに面倒事を全部一人で片づけるのは大変だからね」

「エリクなら余裕だろう。万が一、手が足りなくても、他の奴を宰相にすれば良いだけの話だしな」

「君の弟と妹には悪いけど。僕はアリウス以外の宰相なんて考えていないからね」

いや、俺は別にシリウスとアリシアを推したつもりはないけど。

そんなことを言われても、俺は王国宰相なんて興味ないからな。

「話が逸れたな。ソフィア、訊きたいことがそれだけなら俺は行くけど」

「ええ……引き留めて申し訳ありませんでした」

何故かまたソフィアが睨んでいる。

ソフィアから見れば、俺が自由過ぎるからか。

だけど地位や派閥に縛られるなんて、俺は御免だからな。

◆

『ええ。それも貴族の義務の一つですが、私は慈悲の心を持つことも大切だと思います』

平民の生徒を擁護するような発言をしたことで、私と派閥のみんなの間に距離ができてしまった。

それ自体は仕方がないわ。私は間違ったことを言った訳ではないから。

だけどその結果、あの事件が起きてしまったの。

突然私のクラスにやって来た彼は、いつもの人を見透かすような氷青色（アイスブルー）の瞳で私を見る。

「おまえの派閥の女子たちが、平民の生徒を連行して中庭に行ったんだけど。何か知っているか？」

「え……何ですって！」

派閥のみんなと距離はできたけど。さすがに私を無視して、勝手なことをする筈はないと思っていたの。

だけど彼が言ったことが本当なら、知らなかったでは済まされないわ。

私はビクトリノ公爵の娘としての責任を放棄したことになる。

必死に走って中庭に向かうと、派閥のみんなが生徒を取り囲んでいた。

現実を突き付けられて、私は眩暈(めまい)がしそうだったわ。

「貴方たちは、何をしているのですか！」

みんながバツの悪い顔をする。

だけどイザベラとローラは違ったわ。

「ソフィア様、私たちは平民を教育してるんですわ」

「そうですわ。ソフィア様もそれは解ると仰っていましたわ」

私は言葉に詰まる。彼女たちの発言を容認したのは事実だから。

「そういうことですので、続きをしますわ。そこの平民、貴方に自分の立場を解らせてあげますわ。さあ、貴族である私にぶつかったことを身を以て謝罪しなさい」

みんなが平民の生徒を押さえつける。

「放してよ！　ぶつかった私も悪いけど、こんな一方的なのってないわ！」

彼女は抵抗したけど、みんなが地面に組み伏せる。

土で汚れる彼女の顔をイザベラは嘲笑うと、頭を踏みつけようとしたわ。

このまま私は傍観するつもりなの……このとき。彼の言葉が頭に浮かんだの。

『なあ、おまえだって本当はそう思っているんだろう？　やりたくないことに、無理して付き合う必要なんてないからな』

貴方なんかに言われなくたって……そんなことは解っているわよ！

「イザベラ、止めなさい！」

私が派閥のみんなに命令するのは初めてのことだわ。

「ソフィア様……まさか、ソフィア様は平民の味方をしますの？　そんな筈はありませんわね」

「そうですわ。お優しいソフィア様が、私たちに命令するなんてあり得ませんわ」

イザベラとローラが反発するけど、引き下がるつもりはなかったわ。

「イザベラ、私は止めろと言っているんです！　貴方は自分が何をしようとしたのか、解っているんですか？　誰の味方をするとか、そういう話ではありません。貴方たちがしたことは貴族として……いいえ、人として恥ずべき行為です！」

こんなことを言ったら、派閥のみんなが離れて行くかも知れない。

だけど私は間違っていないわ。

「貴方たちが他の生徒を傷つけるなら、私は絶対に許しません！」

「ソフィア様……それは私たち派閥の貴族を、切り捨てるということですか？」

「そんなこと、あり得ませんわ……貴族にとって派閥以上に、大切なモノなどありませんから」

「貴方たちが人として恥ずべきことをするなら、派閥など関係ありません。むしろそのような行為を見過ごせば、ビクトリノ公爵家の名を汚すことになります。これ以上続けるなら、貴方たちを派閥から除名します！」

私にそんな権限がないことは解っているわ。

だけど二人がしたことを許すことはできないのよ。

「貴方たちも彼女から早く手を放しなさい」

みんなが慌てて、平民の生徒を解放する。

私は彼女に近づいて抱き起こした。

「貴方には派閥の者たちが、大変失礼なことをしました。本当に申し訳ありません。ビクトリノ公爵家の名に懸けて、この償いは必ずさせて頂きます」

頭を下げるのは当然のことだわ。私が躊躇（ちゅうちょ）したことで、彼女を傷つけてしまったのだから。

「そこまでしなくても……貴方がやったことじゃないのに」

だけど純白の髪と紫紺の瞳の彼女は、何故か戸惑っていた。

同性の私から見ても彼女は凄く可愛い。私のような可愛げのない女と違って。

私が自己紹介すると、彼女はミリア・ロンドと名乗った。

私は必ず償いをするとミリアに約束して、みんなと話をするつもりだったわ。

「なかなか凄い状況になっているね」

そのタイミングで、エリク殿下が姿を現した。

これだけの騒ぎを起こしたのだから、エリク殿下の耳に入るのは当然ね。

だけど私は一切隠すつもりなどなかったわ。

私はエリク殿下に頭を下げて謝った。婚約者の私が愚かなことをすれば、エリク殿下の顔に泥を塗ることになるから。

どんな罰でも私は受けるつもりだったわ。

エリク殿下との婚約破棄――ビクトリノ公爵家としては大きな痛手だけど、責められるのは当然だわ。それだけのことを派閥のみんながして、私はそれを傍観したのだから。

「なあ、エリク。俺が口を挟むことじゃないけど。一言だけ良いか」

覚悟を決めた私の前に、彼が姿を現したの。

「今回の件はソフィアの知らないところで、こいつらが勝手にやったことだ。こいつらがその女子を、中庭に連れて行くところを俺が見掛けて。ソフィアに教えたら慌てて止めに来たんだよ。事の次第は俺も全部見ていた。ソフィアは何も悪くないからな」

どうして……彼は私を擁護するようなことを言うのよ？　イザベラたちのことも、彼が教えてくれたわ。

だけど……彼がそんなことをしてくれる理由が解らない。

彼はバーン殿下も一緒に連れて来ていて。バーン殿下も私のことを庇ってくれた。

これも彼が私のためにしてくれたの？

「バーン殿下については意外だけど。二人ともソフィアを擁護してくれるんだね。だけど僕だって、ソフィアのことを疑っていないよ。僕は彼女を傷つけた君たちのことを、全てソフィアに任せるつもりだよ。僕が王子の立場で処分するとか、そんなことは一切考えていないからね」

エリク殿下の言葉に派閥のみんながほっとしている。

だけど何を考えているの。貴方たちが許される訳がないでしょう。

「だったら良いんだけど。じゃあ、バーン。俺たちは退散するか。だけどその前に。おまえ、ミリアって言ったよな。ちょっと待っていろよ」

彼がミリアと話している。

また無詠唱で魔法を発動しているけど、そんなことは問題じゃないわ。

「アリウス様、ちょっと待ってください！」

立ち去ろうとする彼を、私は呼び止めた。だって……

「だから、様付けは止めろって言っているだろう。それで、俺に何の用だよ？」

「私を擁護してくれて、ありがとうございます。ですが……貴方が私に良くしてくれる理由が解りません。それに……こんなことを言っては何ですが、私には派閥の者たちが行なったことの責任を取る義務があります。私だけ罰せられないのは道理に適いません」

私が傍観したから、彼女を傷つけてしまった。

私の責任は重いわ。

「ソフィアが礼を言う必要なんてないよ。俺が勝手にやったことだし、俺は事実を言っただけだからな。それに派閥の奴らがやったことの責任を取るのは、組織としては当然なんだろうけど。俺は派閥なんて興味ないからな」

彼は何でもないことのように笑ったの。

エリク殿下のような爽やかな笑顔じゃないけど……余裕たっぷりの人を見透かしたような笑みに、私は思わず見惚れてしまった。

「ア……貴方だって貴族なんですから、派閥に興味がないでは済まされないでしょう？」

彼が呼び捨てにしろと言うから。アリウスと言い掛けて、言えなかったことを誤魔化したわ。

いきなり呼び捨てにするなんて、私には無理よ。

「いや、別に構わないだろう。俺の親は派閥なんて作っていないし。そもそも俺が爵位を継ぐ可能性は低いからな」

意外な発言に戸惑う。彼はジルベルト侯爵家の嫡男よね？

「まあ、そうだけど。親は俺の好きにして構わないと言っているし。俺には弟と妹がいるからな」

自ら家督を継ぐ権利を放棄するなんて、貴族としてあり得ないわ。だけど冗談ではないみたいね。

彼が何を考えているのか、私には理解できなかった。

「爵位を継ぐ可能性が低いって。アリウス、それは僕も初耳だね。君に宰相になって貰わないと僕が困るんだよ。僕が国王になったときに面倒事を全部一人で片づけるのは大変だからね」

「エリクなら余裕だろう。万が一、手が足りなくても、他の奴を宰相にすれば良いだけの話だしな」

「君の弟と妹には悪いけど。僕はアリウス以外の宰相なんて考えていないからね」

エリク殿下は国王陛下に言われたからじゃなくて。本気で彼のことを信頼しているように見えたわ。

理由は解らないけど、私が嫉妬するくらいに。

「話が逸れたな。ソフィア、訊きたいことがそれだけなら俺は行くけど」

だけど、どうして彼はそんな風に余裕で笑っていられるの？

本当に貴族の地位なんてどうでも良いから？

それとも本当は何も解っていないから……

いいえ、私にも彼が何も知らない愚か者じゃないことは解るわ。

つまり彼は全部解った上で、爵位なんて興味がないと放棄しようとしているのよ。

そんな彼に比べて……私は覚悟が足らなかったわ。

それが悔しくて、私は思わず彼を睨んでしまったの。


え……なんでソフィアが私に頭を下げるの？

ソフィアたちに囲まれながら、果敢に立ち向かう『恋学（コイガク）』の主人公（ヒロイン）ミリア・ロンド。エリクが助けに入って、お互いの好感度がアップ。ソフィアが嫉妬して、悪役令嬢の道を歩み始める……そういうイベントの筈なのに。

ゲームとは逆に、ソフィアが私を助けてくれた。

それにこのイベントに絡まない筈のアリウスやバーンまで、いるのはどういうことよ？

私の記憶とは余りにも違い過ぎるわ。

ゲームとはまるで別人みたいに、人を見透かしたような笑みを浮かべるアリウス。

二人の会話から、ソフィアを変えたのはアリウスみたいだけど。

光属性魔法の『治癒（ヒール）』だって、ゲームのアリウスは使わなかったわ。

前世の記憶は私の妄想なの？

それとも、ここはリアルな世界だからゲームとは違うってこと？

何が正解なのか解らない。私が混乱していると。

中庭を後にしようとしたときに、アリウスが言ったのよ。

「ミリア。おまえ、思い込みが激しいって言われるだろう？　だけど相手も人間なんだからさ。おまえが考えもしなかった行動をしても仕方ないよな」

私を見透かすような氷青色（アイスブルー）の瞳と、余裕の笑み。

この表情……やっぱりどこかで見たことがある気がするわ。

でも誰なのか……思い出せないのよ。

「こいつはこういう奴だって決めつけるなよ。相手がなんでそういう言動をしたのか考えないと、相手を理解することなんてできないからな」

確かにその通りかも知れない。

だけどこの台詞……昔、同じことを言われた気がするの。

そんなことはあり得ない筈なのに、思い出せない誰かの微かな記憶とアリウスの姿が重なる。

「ご忠告感謝します！　それと先ほどは、ありがとうございました。これで私は失礼します！」

「おい。おまえなあ……」

何だろう、この気持ち……

私は捲し立てると、逃げるようにその場を立ち去った。

第5章
ジェシカたちの実力

Love &
Magic Academy

王立魔法学院に入学して二週目は、暑苦しいバーンと知り合いになったり。ミリアとソフィアのイベントとか、結構盛沢山だったな。

放課後はジェシカとマルシアと毎日一緒にメシを食って。ゲイルたちがウザ絡みして来たり。

まあ、『竜の王宮』の攻略が順調に進んでいるから問題ないけど。


今日も俺は『竜の王宮』の最下層で。魔物を延々とリポップさせてから、ラスボスに挑む。

ラスボス戦だけを繰り返さないのは、『竜の王宮』のラスボスが単体で出現するからだ。

俺の当面の目標は、ソロで最難関（トップクラス）ダンジョンを攻略することだ。最難関（トップクラス）ダンジョンで、魔物が単体で出現することはないからな。単体戦ばかりやっていても、訓練にならないんだよ。

魔物を延々とリポップさせるのも、最難関（トップクラス）ダンジョンでは継続戦闘能力を求められるからだ。


まあ、そんな感じで週末を迎えた。

今週末はジェシカとの約束で、二日間限定でパーティーを組むことになっている。

土曜日の朝にカーネルの街の冒険者ギルドに向かうと。先に来ていたジェシカとマルシアが、他の冒険者たちと喋(しゃべ)っていた。

だけど何か様子が変だな。

「ごめん、アリウス。うちのパーティーのメンバーが、どうしても一緒に来るって言ってきかないのよ。私たち『白銀の翼』六人全員一緒でも構わないかな？」

二人と一緒にいる冒険者は男子が三人に女子が一人。

中には俺が知っている奴もいる。

「人数が増えるのは構わないけど。全員の面倒を見るつもりはないからな」

俺は人に教えるのが得意な方じゃない。

守るだけなら簡単だけど。

「うん、それで構わないわよ。アリウス、ありがとう！　じゃあ、うちのメンバーを紹介するわね」

S級冒険者パーティー『白銀の翼』のメンバーは、物理系アタッカーのジェシカと斥候のマルシアに。

もう一人の物理系アタッカーのアラン、タンクのジェイク、魔法系アタッカーのマイクに、ヒーラーのサラという構成だった。

この世界では魔法やスキルを個別に習得するから、職業（クラス）という概念はない。

だけど冒険者は普通パーティーを組むから、それぞれ役割を分担している。

それにしてもジェシカのパーティーは、五年前からメンバーが随分入れ替わったな。

俺が知っている奴は、マイクとサラくらいか。マルシアも五年前はいなかったからな。

まあ、人によって成長速度が違うし、目指すところも違うからな。

冒険者パーティーのメンバーが入れ替わるのは、めずらしいことじゃないし。ジェシカも何か思うところがあったんだろう。

「へえー、あんたがＳＳＳ級冒険者のアリウスか。あの有名なグレイさんとセレナさんのおこぼれで、ＳＳＳ級になったたって話だよな」

アランがいきなり噛みついて来る。

まだこんなことを言う奴がいるんだな。

「ちょっと、アラン！　アリウスに失礼なことを言わないでよ。こっちから頼んで、パーティーを組んで貰うんだから！」

「そうだよ、アラン。アリウス君とジェシカとの関係が気になるからって、その言い方はないよね」

「お、おい、マルシア！　何を言っているんだよ？　俺はこいつの化けの皮を剥がしたいだけだからな！」

え……こいつら、本気で言っているのか？

ダンジョンに『恋学（コイガク）』のノリを持ち込むとか、一気にテンションが下がるんだけど。

俺にこの二日間を、無駄遣いさせるつもりかよ。

「俺もアリウスの実力は疑問だぜ。その年でSSS級はあり得ないだろう」

「だから、ジェイクまで！　アリウスに失礼なことを言わないでよ！」

タンクのジェイクが参戦して。アラン・ジェイク対ジェシカ・マルシアの口論が始まる。

いや、俺は他人の評価なんて興味ないから。

俺のいないところで、勝手にやってくれよ。

「あの……アリウスさん、ごめんなさいね」

ヒーラーのサラが申し訳なさそうに言う。

だけどこいつには、五年前にジェシカの暴走を止めなかった前科があるからな。

「ああ、ウンザリしているのは事実だけど。俺の方が年下なんだし、俺のことは呼び捨てで構わないからな」

『白銀の翼』のメンバーは一番年下がジェシカで、全員二〇代だ。

「さすがにそれは無理ですよ。僕たちはアリウスさんの実力を知っていますから」

魔法系アタッカーのマイクが苦笑いする。

こいつも五年前からいるから前科持ちだ。

まだしばらく口論が続きそうなので、暇だからこいつらを『鑑定（アプレイズ）』する。

レベルとステータスは確かにS級冒険者クラスだな。

「アリウス、待たせてごめんなさい」

ようやく話がついたのか。

結局、アランとジェイクも一緒に来ることになった。

「これ以上文句は言わせないから。アリウス、我慢して貰える？」

いや、アランとジェイクの態度を見る限り、このまま大人しくしているとは思えないけど。

「それで、どこのダンジョンに行くんだよ？　俺はジェシカたちに合わせるからな」

「せっかくアリウスとパーティーを組むんだから『ギュネイの大迷宮』に決まっているじゃない。アリウスはソロで攻略中なんでしょう？」

いや、俺が攻略しているのは『竜の王宮』だけど。

ここでさらに攻略難易度が高い『竜の王宮』の名前を出すと、また面倒なことになりそうだから否定しない。

「おまえたちが攻略した高難易度（ハイクラス）ダンジョンは『ビステルタの門』だよな。だったらとりあえず一五〇階層辺りに行くか」

俺は『ビステルタの門』も攻略済みだから、攻略難易度は把握している。

『ギュネイの大迷宮』は高難易度（ハイクラス）ダンジョンの中でも攻略難易度上位だ。『ビステルタの門』

を攻略した程度だと、下層部は厳しいだろう。

「おいおい。SSS級冒険者のアリウスがいるなら、最下層で問題ないだろう？　本当にSSS級冒険者の実力があるならな」

「だから、アラン！　これ以上アリウスに喧嘩を売るなら……」

「ジェシカ、好きに言わせておけよ」

「アリウス、でも……」

ジェシカが申し訳なさそうな顔をする。

だけどジェシカのせいじゃないからな。

「その代わり、俺は売られた喧嘩は買う主義だからな。アラン、覚悟しておけよ」

「てめえ……面白えじゃねえか！」

アランがいつでも剣を抜けるように身構える。

「おまえなあ……冒険者ギルドの中で剣を抜くとか、馬鹿じゃないのか。相手になるのは構わないけど、これから俺たちはダンジョンに行くんだから。そこで決着をつければ良いだろう」

さすがにこの状況でアランの味方をする奴はいない。

パーティーのメンバー全員から非難の視線を向けられて、アランは引き下がる。

「チッ……仕方ねえな」

「最下層に行くって話だけど。死んでも構わないって誓約書を書くなら、連れて行ってやるよ。

ああ、書くのはアランとジェイクだけで構わないからな。他の四人は俺が責任を持って守るよ」

「上等だ！　おい、マイク、ペンと羊皮紙を出せ！　ジェイク、おまえも書けよ！」

「アラン……解ったぜ」

この世界には普通に紙があるし、活版印刷も発展している。

だけど契約書や魔法のスクロールは、伝統的な羊皮紙とペンを使うんだよな。

「ねえ、アラン。止めなさいよ。アリウスに謝れば済む話でしょう」

「うるせえな、ジェシカ。男がここで引き下がれるかよ！」

いや、ジェシカが言うと火に油を注ぐだけだろう。

結局、俺たちは『ギュネイの大迷宮』の最下層である二〇〇階層に向かうことになった。


『転移魔法（テレポート）』で『ギュネイの大迷宮』に直行する。

『白銀の翼』もS級冒険者パーティーだから『転移魔法（テレポート）』は使えるけど。使えるのは万能型を目指しているジェシカと、魔法系アタッカーのマイクだけだ。

マイクがダンジョンに入る前に、ＭＰを消費したくないと言うから。俺の『転移魔法（テレポート）』で全員を運ぶつもりだった。

だけどアランが、俺の手なんか借りるなと言い出したから。結局、ジェシカとマイクが『転移魔法（テレポート）』を使うことになった。

正しいのはマイクの方だけど。俺としてはどうでも良い話に付き合わされた感じだな。

『ギュネイの大迷宮』は一五〇階層から、魔物のレベルが跳ね上がる。

一五〇階層で三〇〇レベル前後。一八〇階層で四〇〇レベル前後。最下層の二〇〇階層になると五〇〇レベル前後だ。

それに対してジェシカたちのレベルは、二〇〇レベル台後半から三〇〇レベルそこそこ。最下層に挑むなんて、無謀以外の何モノでもないだろう。

それにレベルだけの話じゃない。『ギュネイの大迷宮』の最下層に出現する魔物は、ネームドデーモンロードと呼ばれる固有名を持つ最上級の悪魔たちだ。

奴らは凶悪な特殊能力を持っているから、レベル以上の強敵なんだよ。

しかもダンジョンの魔物だから、同じ固有名の魔物が大量に出現する。

「とりあえず俺の『絶対防壁（アブソリュートシールド）』から絶対に出るなよ。出たら命の保証はしないからな」

ダンジョン内の転移ポイントで二〇〇階層に移動すると。俺は複合属性第一〇界層魔法『絶対防壁（アブソリュートシールド）』を展開する。

「うん。それは良いけど……ねえ、アリウス。ツッコミどころ満載なんだけど。なんで鎧すら着ていない上に、その禍々（まがまが）しい剣……どう見ても呪われた武具（カースドアイテム）よね？」

今の俺はシャツ一枚にズボンという格好で。二本の禍々しい光を放つ剣は、確かに超弩級（ちょうどきゅう）の呪われた武具（カースドアイテム）だ。

他にも俺が身に付けている派手なアクセサリーには、全部デバフ効果がある。

「まあ、装備のことは気にするな。俺は訓練のために、このスタイルで戦っているんだよ」

俺の当面の目標は、ソロで最難関（トップクラス）ダンジョンを攻略することだ。

だから最難関（トップクラス）ダンジョンの魔物と戦うことを想定して、高難易度（ハイクラス）ダンジョンでは攻撃力と防御力をセーブしている。

セーブすると言っても、手を抜くと変な癖がつくからな。呪われた武具（カースドアイテム）とデバフ効果のあるアイテムで攻撃力とステータスを、防具を装備しないことで防御力を調整している。

まあ、今の装備は『竜の王宮』で戦うことを想定しているから。『ギュネイの大迷宮』だとまだオーバーキルだけど。

「アリウス、ふざけるなよ……『ギュネイの大迷宮』の最下層で力をセーブするなんて、あり得ないだろう！　ハッタリに決まっているぜ！」

アランが騒いでいるけど無視だ。『絶対防壁（アブソリュートシールド）』ごとジェシカたちを移動させて、魔物が出現する玄室に飛び込む。

最初に出現した魔物はベルゼバブ一二体。

だからなんで固有名を持つ魔物が複数出現するんだよと、心の中で一応突っ込んでおく。

ベルゼバブが攻撃を始める前に、まずは四体を仕留める。

俺のスピードだと、ジェシカたちには動きが見えないだろう。だけどわざわざ速度を落としてやるつもりはない。

残りの八体も、ベルゼバブが放つ魔力の波動をギリギリで躱しながら瞬殺する。

「う、嘘だろう……」

俺の実力を見せてやると、アランが大人しくなる。

まあ、装備でセーブしているから本当の実力じゃないけど。

「なあ、アランにジェイク。まだ俺の実力を疑うなら、自分で戦ってみるか？」

俺は売られた喧嘩は買う主義だからな。喧嘩を売った奴を容赦するつもりはない。

まあ、相手が女子なら話は別だけど。

「……ああ。おまえが瞬殺できるレベルなら、俺だって余裕だぜ！」

「おい、アラン……なあ、アリウスさん。俺はあんたの実力が解ったから、勘弁してくれ！」

「ジェイク、てめえ……怖気づくんじゃねえぞ！」

アランとジェイクが仲間割れしている。

俺は無視して二人の襟首を掴むと、『絶対防壁』の外に放り出した。

「じゃあ、俺は手を出さないからな。二人で頑張ってくれよ」

「お、おい！　アリウスさん、ま、待ってくれよ！」

「ジェイク、てめえも覚悟を決めろ！」

「ちょっと、アリウス！　このままじゃ……」

二人を助けるために飛び出そうとするジェシカの腕を掴む。

「アリウス！　二人が悪いのは解っているわ。だから助けてとは言わないけど……あんな奴らでも、私のパーティーの仲間なのよ！」

ジェシカは今でも子供っぽいところがあるけど。良くも悪くも真っ直ぐな奴だよな。

だから俺はジェシカが嫌いじゃない。

「ああ、解っているって。あいつらを殺すつもりはないからな。次の玄室の扉を開ける度胸があるか試して、扉を開けないなら俺がボコボコにする。扉を開けたら地獄を見せてやるだけだよ」

「それって……本当に殺さないんでしょうね？」

次の玄室の扉は二人の目の前にある。

扉を開ければ、奴らを瞬殺できる五〇〇レベル級の魔物が出現する。

開ければ確実な死。開けなければ臆病者だと自ら認めることになる。

「アリウス君ってさ、実は性格悪いよね。アランとジェイクには良い薬だけど」

マルシアがニヤニヤ笑っている。

「性格が悪いのはおまえも同じだろう。俺は自覚しているから問題ないんだよ」

「あたしだって自覚しているよ。ねえ、アリウス君。アランとジェイクが扉を開けるか賭けない？　あたしは開ける方に金貨一枚かな」

「それじゃ賭けにならないな。まさか扉を開ける度胸もないとか、あり得ないだろう」

俺たちの声はアランたちにも聞こえているからな。

煽られたら、開けるに決まっている。

「……ふ、ふざけるなよ！　当たり前じゃねえか！」

「お、おい……アラン、止めろって！」

「うるせえな、ジェイク！　このまま引き下がれるかよ！」

はい、馬鹿決定だな。

扉を開けると、黒い翼を持つ天使のような姿の悪魔――堕天使ルシフェル一〇体が出現する。

だから一〇体出現するとか、全然固有名じゃないだろう。

ルシフェルたちは一瞬でアランとジェイクとの距離を詰めると。巨大な黒い大剣を無慈悲に叩き込む。

だけど殺さないとジェシカに約束したからな。

俺は二つ目の『絶対防壁』をギリギリのタイミングで出現させる。

「なあ、俺は余計なことをしたみたいだな。魔法を解除しようか？」

目の前に迫る黒い大剣が放つ圧倒的な魔力。

アランは恐怖に目を見開いて、何も言えない。ジェイクは失禁しているし。

だけど俺は性格が悪いからな。これくらいで許すつもりはない。

「今から一〇秒で決めろよ。おまえたちだけでルシフェルと戦うか、俺に謝るか。俺はどっちでも構わないけどな。一〇、九、八、七、六、五――」

「ま、待ってくれ！　アリウス、俺が悪かった！」

何だよ、この程度で音を上げるのか。

俺は一〇体のルシフェルを瞬殺する。

「アリウス……あんただけは敵に回したくないわ」

ジェシカがジト目で見ているけど問題ない。

「まあ、俺はこういう奴だからな」

「そうね。でも……そういうあんたも嫌いじゃないわよ」

ジェシカが何故か赤い顔をしている。

なあ、ジェシカ……今の展開のどこに、おまえが頬を染める要素があるんだよ？


アランとジェイクの件が片づいたから、俺の当初の提案通りに一五〇階層に移動する。

ちなみに失禁したジェイクの服は、ヒーラーのサラが『浄化（ピュリファイ）』で綺麗にした。

ジェシカたちは二〇〇レベル台後半から三〇〇レベルそこそこ。

もう少し詳しく言うと一番上がマルシアの三一二レベルで、一番下がジェイクの二八五レベルだ。

それに対して一五〇階層に出現する魔物は三〇〇レベル前後で、出現する魔物の数も多い。

ジェシカたちにとっては適正レベルと言うか、それなりに頑張らないと厳しいレベルだな。

「俺が数を調整するから、あとはおまえたちで何とかしろよ」

玄室に入るなり、出現した魔物を確認すると。ジェシカたちが対処できる数だけを残して瞬殺する。

俺との実力の違いを知ったアランは意気消沈していたから、初めは戦力として考えなかった。

だけどそんなことを言っていられる状況じゃないことが解ったのか。アランは意外と早く復活する。

まあ、腐ってもS級冒険者ってことか。復活したアランは真面目に魔物と戦っている。

ちなみにアランは大剣使いで、攻撃重視のスタイルだ。

だけど力押しだけじゃ、S級冒険者になるのは無理だからな。フルプレートの鎧の他にスキルで調整するなど、防御にも意識を向けている。

五度目の魔物との戦闘が終わった後。俺はサラに回復魔法を掛けて貰っているアランの隣に座る。

「これは独り言だけど。アランは自分に甘いから、敵の強さを見誤るんだよ。自分と敵の強さを冷静に分析できないと、『ギュネイの大迷宮』は攻略できないからな」

比較的攻略難易度の低い『ビステルタの門』だから、今の『白銀の翼』でも高難易度(ハイクラス)ダンジョンを攻略することができた。

だけど『ギュネイの大迷宮』の下層部に出現する魔物の攻撃はシビアだからな。戦力の見極めを間違えると即全滅に繋がる。

「俺が自分に甘い……確かにそうだな。俺じゃ最下層の魔物に手も足も出なかったのに、あんたとの実力の差を全然解っていなかった……」

アランは意外なほど素直に認める。ジェシカに良いところを見せようとしたのか、俺に変な対抗意識を持っていたけど。普段のアランはもっと真面(まとも)なんだろう。

あそこまで馬鹿だったら、ジェシカがパーティーに入れる筈(はず)がないからな。

「これも独り言だけど。自分は負け犬だと諦めるか、力の差を埋めようと足掻(あが)くか。強くなる奴となれない奴の差はそこだからな」

自分で方法が見つけられないなら、知っている奴に訊けば良い。

下らないプライドで頭を下げないなら、その程度の想いだってことだ。

「俺は……どんなことをしても強くなりたいんだ。だから……今さらだけど、アリウス……いや、アリウスさん。俺に戦い方を教えてください！」

「ああ、本当に今さらだし。何を都合の良いことを言っているんだよって感じだな」

こんな奴の面倒を見てやる必要はない。

散々俺に突っ掛かって来たんだからな。

「そうですよね……俺に都合の良いことばかり言ったって……」

「まあ、俺はこの二日間ジェシカに付き合う約束だからな。おまえが勝手に俺の戦い方を見るのは仕方ないし。ジェシカには、パーティーのメンバーとの連携も教える必要があるからな」

「アリウスさん……それって……」

「もう、アリウス君は素直じゃないな。でもそういうところにジェシカは……」

「マ、マルシア！　だから余計なことは言わないでよ！」

いや、俺は必要だと思うことをするだけだ。勘違いするなよ。

ジェシカたちと二日間掛けて一五〇階層を攻略した。

時間が掛かったのは、俺が散々ダメ出ししたからだ。

まあ、一五〇階層で戦うなら『白銀の翼』は及第点だけど。さらに下の階層に行くには色々と問題があった。

そもそもスキルや魔法のレベルが低過ぎる。使い方もタイミングも精度も甘いんだよ。

それに俺に言わせれば、連携もイマイチだな。仲間の動きを完全に予測できていない。

俺だからこれくらいで済ましているけど。グレイとセレナの指導はもっと厳しいからな。

結局、連携に絡むからジェシカ以外の奴にも教えることになった。

色々と甘いアランにダメ出しが一番多くなったのは仕方ないだろう。

ジェイクの奴も態度を改めたけど。あいつは上を目指す意識が薄いから伸びないだろうな。

「アリウスさん、今回のことは本当に済みませんでした！　そして、あんたの寛大さに俺は心から感謝しているんです。本当にありがとうございました！」

日曜日の夜。冒険者ギルドで『白銀の翼』と打ち上げって感じで一緒に夕飯を食べた。

アランの態度の変化に他の冒険者たちが驚いているけど。土曜日の朝に俺とアランのやり取りを目撃した奴がいたことだけが理由じゃなくて。普段からアランが横柄な態度を取っていたからだ。

今カーネルの街を拠点にしているＳ級冒険者パーティーは『白銀の翼』だけで。Ａ級冒険者もアランよりも年上ばかりだ。

だから二〇代前半でＳ級冒険者になったことで、アランは調子に乗ったんだろう……って、ゲイルが言っていたんだけどな。

「なあ、アラン。普通に話せよ。その言い方は気持ち悪いんだよ」

「いや、無理ですって。アリウスさんは俺の馬鹿さ加減を教えてくれた恩人ですから。あのまま馬鹿をやっていたら、いつか俺はジェシカたちを危険な目にあわせていたと思うんですよ」

「まあ、その通りだけど。仲間を死なせたくないなら、今日みたいに必死にやれよ」

「はい。解っています！」

「アランの豹変ぶりは、あたし的にも気持ち悪いけどね……ねえ、マスター。料理とお酒のお代わりをジャンジャン持って来てよ！」

マルシアは相変わらずマイペースだな。

「なあ、マルシア。今回はしてやったと思っているだろうけど。おまえの思い通りにはならないからな」

「うん？　アリウス君は何を言っているのかな？　あたしには解らないよ」

マルシアは惚(とぼ)けているけど。こいつが企んでいたことは解っている。

俺とジェシカがパーティーを組むことを、アランたちに教えたのもたぶんマルシアだろう。

目的はアランを噛ませ犬にして、俺とジェシカの仲を取り持つことだ。

「アリウス、あんたには私も感謝しかないわよ。あの……色々と教えてくれて、ありがとう。やっぱりアリウスは……ううん、何でもないわよ」

隣でずっと俺の顔を見ているジェシカの視線を感じる。

学院の生徒に比べれば二〇歳のジェシカの方が、前世で二五歳で死んだ俺の年齢に近いけど。今でも子供っぽいところがあるし。ジェシカは俺のことをライバルだと考えていると思っていた。

だけどこの態度って……いや、ここまであからさまだと、俺だって気づくからな。

グレイやセレナに対するように、ジェシカが俺に憧れているだけなら。気恥ずかしいけど、仕方ないで済ませられる。だけどもしジェシカが俺のことをそう思っているとしても。そもそも俺は恋愛に興味ないからな。

だからもしそのときは、ジェシカには悪いけど。ハッキリと断る必要があるな。

＊

『こいつはこういう奴だって決めつけるなよ。相手がなんでそういう言動をしたのか考えないと、相手を理解することなんてできないからな』

あのとき。私が抱いた気持ちは何なのか……思い出すと今でも胸がモヤモヤするのよ。

だけどそれは置いておいて。アリウスが言ったことは正しいと思うわ。

私はみんなを『恋学（コイガク）』のキャラだと決めつけて、相手が何を考えているかなんて想像もしていなかった。

だけど私の前世の記憶が妄想でも、ここが『恋学（コイガク）』の世界で私が転生者だとしても。

そんなこと、みんなには関係ないわよね。みんなはこの世界でリアルに生きているんだから。

だから私もみんなを『恋学（コイガク）』のキャラじゃなくて、これからは一人一人の人間として見ようと思うの。

私自身もミリアを演じるような真似は止めるわ。

だけどアリウスに感謝なんてしないから。だって会ったばかりで、私のことなんて何も知らない癖に。

見透かしたようなことを言われて悔しいから。

ソフィアたちとの事件があった翌朝。ソフィアは約束通りに私の教室まで謝りに来てくれたわ。

私を押さえつけた貴族の生徒たちを連れて、教室に入って来ると。私の席の前に来るなり、人目を憚ることなく深々と頭を下げる。

「ミリアさん、昨日のことは本当に申し訳ありませんでした。私たちが貴方にしたことは人として恥ずべきことです。どんな償いでもさせて頂きますので、何でも言ってください」

ソフィアが連れてきた貴族たちもバツが悪そうに頭を下げる。

昨日の事件は学院中で噂になっていて、知らない生徒はいなかったわ。

それでも彼女たちが学院から罰せられないのは、彼女たちが貴族で私が平民だから。

だけどソフィアはそれで済ますつもりはないみたいで。本気でどんな罰も受けるという覚悟を感じる。

公爵令嬢のソフィアが平民の私に頭を下げるなんて前代未聞な筈よ。興味本位で見ている周りの生徒たち。無理矢理謝らされているだけの貴族たち。

まるでソフィアだけが悪者みたいに、晒し者にされているみたいで私は嫌だったわ。

「ちょっと待って、ソフィアさん。貴方が謝りに来てくれたことは嬉しいけど。さすがに教室じゃなんだから、放課後に二人だけで話をしない？」

簡単に許すと言っても、ソフィアが納得するとは思わないから。私は二人で話をすることにしたの。

放課後になって。誰もいなくなった教室で、話をするつもりだった。

だけど噂を聞きつけた生徒たちが、いつまでも残っていたから。私はソフィアを寮の部屋へ招くことにする。

平民用の小さな私の部屋は、貴族のソフィアにとっては犬小屋みたいに見えると思うわ。

だけどソフィアはそんな態度なんて一切見せなかった。

「ミリアさん。貴方が許してくれるなら、どんな償いでも……いいえ、決して許されないことをしたことは解っています。それでも……償わせてください」

ソフィアの言葉に嘘はないと思うわ。誠心誠意、私に償おうとしている。

直接手を下した訳でも、命令した訳でもないのに。自分の責任だと本気で思っている。

やっぱり……ソフィアって良い人よね。

「ねえ、ソフィアさん。貴方はこうして何度も謝ってくれるし。他の貴族の生徒たちのことも叱ってくれたんでしょう。私はそれで十分だわ」

「そんなことで……済まされる筈がありません」

「だったらソフィアさん、私の友だちになってくれないかな？」

「え……どうして……」

ソフィアは戸惑っていた。

私がこんなことを言うなんて、全然想像していなかったみたいね。

「私はソフィアさんと友だちになりたいの。友だちなら償うとか、そんな堅苦しいことをする必要なんてないでしょう。平民の私とソフィアさんじゃ、釣り合わないかも知れないけど」

「そんなことありません！　ですが……貴方を傷つけた私が友だちだなんて……」

「喧嘩から始まる友情だってあるわよ。ソフィアさんと話してみて解ったの。私はソフィアさんの真っ直ぐなところが大好きよ」

これが私の素直な気持ち。

助けてくれたことに感謝の気持ちもあるけど。私は真っ直ぐなソフィアが好きだから、友だちになりたいの。

「私の方こそ……ありがとう、ミリアさん。こんな私で良ければ、お友だちになりましょう」

「ねえ、ソフィアさん……ううん、これからはソフィアって呼ぶね。こんな私とか言わないでよ。私の大好きなソフィアのことを否定しないでよね」

「そんな大好きとか……何度も言わないでくれるかしら。その……恥ずかしいじゃない」

ソフィアの顔が真っ赤になる。

「うふふ……ソフィア、可愛い！　ねえ、ソフィア。私のこともミリアって呼んでくれないかな」

「ええ……ミリア、これからよろしくお願いします」

「うん。よろしい！」

こうして私とソフィアは友だちになった。

相手のことを『恋学（コイガク）』のキャラじゃなくて、一人の人間として見る。

考えてみれば当たり前のことなのに、私は忘れていた。


周りの人のことを良く見るようになると、自然に行動できるようになったわ。

次の日の放課後。廊下で重そうなプリントの束を運んでいる同じクラスの女子を見掛ける。

「エマ、手伝うわよ。二人で運んだ方が早いから」

「ありがとう、ミリア」

これも『恋学（コイガク）』のイベントの一つ。エマたちは職員室までプリントを運ぶように、先生から頼まれるけど。一緒にいた貴族の生徒は、エマに全部押し付けて帰ってしまう。

見かねた主人公（ヒロイン）のミリアが手を貸して、それを見ていた『恋学（コイガク）』の攻略対象の一人、ロナウディア王国第二王子ジークの好感度が上がるイベントだけど。

そんなこと、私には関係ない。私はエマを手伝いたいと思っただけだから。

「ほら、貸せよ。俺が持ってやる」

「ジ、ジーク殿下……」

イベント通りにジークが現れる。

エマの目がハートマークだ。

イベントならここでミリアが断って、ジークが強引にプリントを奪う。

そんな強引なところが格好良いとキュンキュンするシーンだけど。

「ジーク殿下、ありがとうございます。貴方も結構良いところがあるんですね」

私は素直にジークにプリントを渡す。人の好意には素直に甘えるのが本当の私だから。

エマが持っている分のプリントの半分を私が持って、三人で職員室に向かう。

「結構は余計だ。ミリア、おまえは本当に生意気な女だな」

「自覚はありますよ。でもジーク殿下も大概ですよね。ツンデレとか言われませんか？」

「何だ、そのツンデレって？」

「格好つけてるのに、実は優しい人って意味ですよ」

「な……何を言ってるんだ！　おまえ、本当に生意気な奴だな」

ジークの顔が赤い。ちょっと楽しいかも。

イベントとかキャラとか考えなければ、学院生活は楽しい。

それに気づかせてくれたのはアリウスだけど……

でもやっぱり、アリウスには絶対に、お礼なんて言いたくないわ。

人を見透かすような氷青色（アイスブルー）の瞳と余裕の笑み……あいつの顔を思い出すと、なんかモヤモヤするから。


「アリウス様……これを受け取ってください！」

学院に登校すると、いきなり声を掛けられた。

亜麻色の髪の女子が頬を染めて、封筒に入った手紙を差し出す。果たし状か？　いや、冗談だって。何だよ、このベタな展開。

「なあ、俺とどこかで会ったことがあるか？」

「はい。私はバーン殿下と同じクラスなんです。剣術の授業でアリウス様がバーン殿下の剣を砕くのを見て、カッコイイなって……キャ！　言っちゃった！」

なあ。それって会ったとは言わないだろう。

「悪いけど、俺はおまえのことを全然知らないし。そもそも恋愛とか興味ないんだよ」

俺は無下に断る。下手に期待させる方が悪いからな。

学院で女子に告白されるのはこれで五回目だ。

まあ、今回は俺の顔だけが目当てって訳じゃないから、まだマシか。

今週も俺は平常モードだ。だけど以前よりも多くの視線を感じる。

特に増えたのは興味本位の視線だな。

先週は剣術の授業でバーンの剣を砕くとか、ソフィアたちとミリアとの絡みとか。結構目立つことをやったからな。俺のことが噂になっているんだろう。

「アリウス君ってやっぱりモテるんだね。今朝、告白されているところを見たよ。結構可愛い子だったよね」

図書室に行くとノエルにジト目で見られた。

「そうか？　ちょっと目立ったくらいで近づいて来る奴なんて、興味ないな」

俺は目立ちたくないとか、そんなことは考えていない。

SSS級冒険者のアリウスが、アリウス・ジルベルトだとバレると面倒だけど。俺が学院に通っている間も、SSS級冒険者のアリウスはダンジョンを攻略している。

二人は別人だと認識されているから、学院で目立つくらいは問題ないだろう。

「そっか。アリウス君は見た目で判断しないんだね。ちょっと安心したかも……」

後半の部分が良く聞こえなかったけど。ノエルが何故か嬉しそうだ。

それからソフィアの取り巻きたちのことだけど。明らかに態度が変わった。

学食の奥にあるテーブル席は学院側の忖度なのか、相変わらずソフィアたちのために空けられている。

だけど空いているからと他の生徒が座っても、ソフィアの取り巻きたちが文句を言うことはない。ソフィアが率先して、その生徒に相席をしようと話し掛けるからだ。

ソフィアに隠れて取り巻きたちが、平民の生徒を吊るし上げることもない。そんなことをしたら派閥から除名すると、ソフィアが公言しているからだ。

さらには毎日朝と放課後。ソフィアたちは学院の掃除をしている。自分たちが犯した罪のせめてもの償いだと、ソフィアが申し出たそうだ。

大貴族であるビクトリノ公爵家の令嬢が、率先して掃除をしていると。これも噂になっていて、取り巻きたちも渋々ながら付き合っている。

「ア……貴方のお陰で、自分が本当に何をすべきか気づくことができたわ。みんなを纏めるのは大変だけど、これもビクトリノ公爵家の人間としての務めだから」

掃除をするソフィアを見掛けたときに、そんなことを言われた。

ソフィアは相変わらず、俺を呼び捨てにすることに抵抗があるみたいだな。

「俺は何もしてないだろう。ソフィアが自分で変えたんだよ」

「そんなこと……良いわ。そういうことにしておくわよ」

そして今週も半ばが過ぎた木曜日。

今日は魔法実技の授業がある。魔法技術や魔法学の授業とは別で、実践形式で魔法を使う授業だ。座学じゃないから、内職で本を読むことができないけど。

一週目の魔法実技の授業では、個々の生徒が使える魔法を披露して。二週目は教師と模擬戦を行なった。

その結果を元に。今週からクラス単位じゃなくて、学年全クラスの生徒をレベル毎にグループに分けて授業を行なう。

学院の生徒の大半は入学する前から魔法が使える。魔法が使えることが学院を卒業する最低条件の一つだからな。

貴族は家庭教師を雇うなどして、金を掛けて子供に魔法を習得させる。

平民の生徒は魔法の才能がある奴が学院に入学するから、魔法が使えるのは当然だ。

だけど魔法が使えるというだけで、レベルには結構差があるからな。レベル毎に分けないと真面な授業にならない。

ゲームのときはクラスが違う攻略対象と、主人公(ヒロイン)のミリアが絡むためのイベントだったけど。『恋学(コイガク)』の攻略対象はみんなスペックが高いからな。一番上のAグループにメインキャラがほとんど勢揃いしている。

第一王子のエリクと双子の弟、第二王子のジーク。王国宰相の息子の俺、帝国第三皇子のバーンに、枢機卿の息子マルス・パトリエ。

俺は七歳で冒険者になるまでは社交界に顔を出していたから、ジークとマルスとも一応面識はある。

ジークの顔はエリクとそっくりだけど、ゲームだと粗野な感じで陰のあるキャラだった。

リアルでも子供の頃からその兆候があって、優秀な兄と比較されて反発していた。

マルスは明るい髪の色で中性的な顔立ち。所謂(いわゆる)男の娘(こ)って感じで、子供の頃は本当に女子みたいだった。

おっとりしているように見えて、ゲームだと実は腹黒キャラだけど。この世界のマルスも子供の頃から腹黒だったな。

ソフィアとミリアも、ゲームと同じようにAグループだ。

ゲームだと悪役令嬢のソフィアが、ミリアに何かと仕掛けて。ミリアが堂々と立ち向かうことで、攻略対象たちの好感度が上がる。

だけど今のソフィアは悪役令嬢じゃないし。なんか楽しそうにミリアと話しているんだけど。

いつの間にか二人は仲良くなったみたいだな。

ソフィアは俺のことを睨まなくなったけど。今度はミリアが睨むようになった。

まあ、心当たりならあるけど。

ソフィアの取り巻きたちとの諍い（いさか）の後に、俺が余計なことを言ったからだろう。

ミリアには自分を演じているような違和感があって。相手のことを決めつけている感じが気になったからな。

だけど今はだいぶ印象が変わったよな。

ミリアはジークとも普通に話しているし。なんて言うか、普通に学生しているって感じだ。

ゲームのミリアと全然イメージが違うけど。そこは俺がどうこう言う話じゃないからな。


「それでは、これから生徒同士で対戦して貰う。武器の使用は禁止だが、魔法は攻撃魔法を含めて自由に使って構わない。『特殊結界（ユニークシールド）』がダメージをポイントに換算して吸収するから、相手が怪我をする心配はない。一〇〇ポイント先取した方が勝者だ」

魔法実技の授業は、床に描かれた魔法陣による『特殊結界（ユニークシールド）』の中で行なう。

『特殊結界（ユニークシールド）』にはダメージの無効化と数値化の効果があって。相手に与える筈だったダメージが、ポイントとして空中に表示される。

ゲームのときは随分と便利で、ご都合主義な結界だと思ったけど。『特殊結界（ユニークシールド）』も万能じゃない。魔力でダメージを相殺するから、相殺できるダメージに限界があるんだよ。

なんで俺がこんなことを知っているかと言うと。『特殊結界（ユニークシールド）』も魔法だから、俺は普通に使えるからだ。

対戦が進んで『恋学（コイガク）』のメインキャラたちが次々と勝者になっていく。まあ、他の生徒よりもスペックが高いから当然の結果だな。

ちなみにエリクは風属性。ジークは水属性。バーンは火属性。ソフィアは闇属性魔法が得意だ。ソフィアが闇属性なのは悪役令嬢のイメージのせいか？

「『輝きの矢（シャイニングアロー）』！」

ミリアは『恋学（コイガク）』の主人公（ヒロイン）らしく、光属性魔法が得意だ。

光属性第二界層魔法『輝きの矢（シャイニングアロー）』で出現させた五本の光の矢が全部命中して、瞬く間に一〇〇ポイント先取する。

ミリアに魔法の才能があるのはゲームと同じだな。

「へー……君がミリア・ロンドか。光の矢を五本も出せるなんて、噂通りに優秀みたいだね」

枢機卿の息子マルス・パトリエがミリアに話し掛ける。

ミリアの魔法の才能に感心して声を掛けるのは、ゲームと同じ展開だ。

「貴方がマルス卿ですね。褒めて頂いてありがとうございます」

ゲームのミリアはツンデレキャラで、同じ光属性魔法の使い手であるマルスに対抗心を燃やす。

マルスとミリアが互いに実力を認め合って、好感度が上がるイベントだけど。今のミリアからそんな雰囲気は感じない。

マルスに興味がないのか受け流して、俺のことを睨んでいるんだけど。

「じゃあ、ボクも頑張らないとね。アリウス君、お手柔らかに頼むよ」

「ああ。マルス、久しぶりだな」

俺の対戦相手はマルスだ。

学院に入学してから初めて喋るけど、とりあえず印象は子供の頃とあまり変わっていない。

こいつはゲームと同じで腹黒なんだよ。

「うん。アリウス君が全然社交界に顔を出さないから、子供の頃に会って以来だよね。君が剣術の授業でバーン殿下を圧倒したって話は聞いているけど。魔法の方はどうなのかな？　ボクだって成長したから負けるつもりはないよ……『聖なる槍(ホーリーランス)』！」

光属性第三界層魔法の白い光の槍が、俺に向かって真っ直ぐに飛んで来る。

だけど命中する直前に消滅した。俺が『解除(ディスペル)』を発動したからだ。

『解除(ディスペル)』は無属性第三界層魔法だけど。魔力操作の精度を上げれば第一〇界層魔法も解除できるから、使い勝手の良い魔法だ。

「まさか……ボクの魔法を『解除(ディスペル)』したの？」

「ああ。マルスも解っているじゃないか。今度はこっちから行くぞ」

俺は複合属性第一界層魔法『氷弾（アイスバレット）』を発動させる。

小石サイズに凝縮した氷がドリルのように回転しながら、音速を超える速度で空気の壁を突き破る。

「えー！」

俺の攻撃魔法は実戦用に、相手を仕留めることに特化している。

この距離で俺の『氷弾（アイスバレット）』を避けるのは無理だし。威力が高過ぎて『特殊結界（ユニークシールド）』じゃ防ぎ切れない。

だからマルスに当たる直前に自分で『解除（ディスペル）』した。

俺の頭上に表示される一〇〇ポイントの文字。衝撃波だけでダメージが入ったってことだ。

「し……死ぬかと思ったよ。だけど最後に『解除（ディスペル）』したのはどうしてかな？　まさか『特殊結界（ユニークシールド）』でも防げない威力って訳じゃないよね？」

マルスは俺の意図に気づいたのか。観察力はあるみたいだな。

「アリウス、何て言うか。君らしい勝ち方だね」

「さすがはアリウスだな。なあ、親友。今度は俺と対戦しようぜ！」

爽やかな笑みを浮かべるエリクと、暑苦しいバーン。

エリクの取り巻きたちは、ラグナスを含めてAグループじゃないからな。いつものように面倒臭いことを言う奴はいない。

「私としては呆れたと言う他はないわね。ア……貴方はどれだけ規格外なのよ」

それはソフィアも同じで。派閥の貴族女子たちが一緒じゃないから、気楽に話し掛けて来る。

婚約者のエリクには、一応気を遣っているみたいだけど。エリク自身があまり気にしていないから、必要最低限って感じだな。

「そう言えば。アリウスは王国に戻って来てから、ジークと話をしたことはあるのかな？」

「いや、絡む機会がなかったからな」

「だったら、ちょうど良いね……ジーク、こっちに来てくれないか。ミリアさんも一緒で構わないから」

エリクに手招きされて、二人で話をしていたジークとミリアがやって来る。

「何だよ、兄貴？」

「ジークも、ダリウス宰相の子息のアリウスのことは憶えているだろう。二人は同じ学院に通っているのに、話したこともないみたいだから。このメンバーで一緒に昼食でもどうかと思ってね」

「こいつが、アリウス・ジルベルトか……」

ジークは訝しげに俺を見上げる。まあ、八年前も俺は年齢の割にデカかったけど。今の身長は一九〇ｃｍを超えているからな。

「なあ、エリク。ジーク殿下には敬語を使った方が良いんだよな？」

エリクが何か言う前にジークが応える。

「よせよ、アリウス。兄貴にタメ口なのに俺に敬語とか。名前も呼び捨てで構わない」

「じゃあ、遠慮なく。ジーク、久しぶりだな」

「ああ、アリウス。これからもよろしく頼む」

ジークは悪ぶっているけど、普通に良い奴みたいだな。

バーンのことをジークに紹介しないってことは、二人は面識があるってことだろう。

まあ、俺みたいに社交界をサボっていなければ、面識くらいある筈だからな。

ゲームのときも、エリクがいつものようにみんなを食事に誘って。ミリアと他の攻略対象たちの距離が近づくというイベントだった。

「これはこれは、みなさんお揃いみたいだね」

ゲームのときは、すでに悪役令嬢になっているソフィアは誘わなかったけど。

このタイミングで、マルスが笑顔でやって来た。

「みんなで食事をするって話が聞こえたんだけど。ボクもご一緒して構わないかな？」

ゲームのマルスはエリクのライバルポジションで。エリクがミリアを食事に誘ったところにマルスが割って入る。

だけど今回は一緒に参加したいって話だし。ゲームと違って、マルスとミリアはあまり絡ん

でいないからな。

マルスの目的はミリアじゃなくて他にあるのか？

まあ、俺なりに調べて、マルスの事情は知っている。

俺は『恋学（コイガク）』の世界に興味ないけど、この世界の勢力争いに疎い訳じゃない。王国宰相の息子という立場的に実害があるから、むしろ積極的に情報収集をしている。

「そうだね。マルス卿も招待させて貰うよ。最近の君の話には興味があるからね」

この口ぶりだと、エリクもマルスの情報を掴んでいるみたいだな。まあ、計略好きなエリクなら当然か。

取り巻き抜きでエリクやソフィアと話ができる良い機会でもあるし。俺も今回は素直に参加するか。


今日の昼食会に集まったメンバーは、政治的な意味で言えば結構な顔ぶれだ。

ロナウディア王国第一王子のエリクと第二王子のジーク。大国グランブレイド帝国の第三皇子バーン。王家に匹敵する権力を持つ枢機卿の息子マルス。

王国三大公爵家の一つであるビクトリノ公爵家令嬢で、エリクの婚約者のソフィアに。自分で言うのも何だけど、王国宰相の息子である俺（アリウス）だ。

「エリク殿下、素晴らしい料理だね。さすがは王室御用達の料理人というところかな」

「マルス卿、ありがとう。褒めてくれて嬉しいよ」

王国のトップである国王と、国外にも影響力を持つ教会の実質的なトップである枢機卿の勢力は拮抗していて、政治的に対立関係にある。

エリクとマルスも当たり障りのない会話をしているけど、腹の探り合いってところか。

まあ、エリクはいつも通りって感じだけど。マルスの方は魔法実技の授業のときとは、微妙に雰囲気が違う。

「本当に美味しいですね。こんな豪華な料理を食べるのは初めてですけど」

「ミリアさんもありがとう。料理人に伝えておくよ」

そんな空気に気づいていないのか。いや、気にしていないのか。ミリアはソフィアやジークだけじゃなくて、他のみんなとも普通に喋っている。

物怖じする訳でも、変に気負う訳でもなくて自然な感じだ。そのせいか和やかな雰囲気で食事会が進む。

それにしても……俺が予想していたのとは違って、最近の学院は全然乙女ゲーの世界って感じじゃないよな。

いや、周りの生徒たちは相変わらず『恋愛脳』だけど。『恋学（コイガク）』の主人公（ヒロイン）のミリアと攻略対象たちは、全然恋愛に現を抜かしていない。

ダンジョンにばかり行っている俺と違って、こいつらは放課後も絡んでいる筈だけど。ミリアが恋愛モードじゃないから、そういうイベントが発生しないのか？

まあ、ここはゲームじゃなくて、リアルな世界だからな。状況が変われば人間関係も変わるし。俺としてはこっちの方が気楽で良いけど。

「ミリアも真面なテーブルマナーを知っているんだな」

「ジーク殿下。もしかして私を、平民だって馬鹿にしています？」

「いや、俺はそういうつもりじゃ……」

「もう。殿下はわざと悪ぶる癖は止めた方が良いですよ。本当は良い人なのに」

「ジークもミリアさんの前だと形無しだね。僕もジークは、もっと素直になった方が良いと思うよ」

「兄貴まで……俺は別に良い奴なんかじゃないからな！」

「そんなことはないですよ。エリク殿下、ジーク殿下はエリク殿下のことだって、実は良い兄貴だって自慢していますから」

「おい、ミリア！　よせ、何を言い出すんだ！」

「それは意外ですね。ミリア、私も是非その話を聞きたいわ」

「へえー、エリク殿下と不仲だって噂のジーク殿下がねえ。俺も興味があるぜ」

「おい……ちょっと待ってくれ……」

ミリアのせいで、ジークが完全に弄られキャラだな。話題の中心がジークになって、マルスは完全に食われている。

マルスはニコニコしているけど、目が全然笑っていない。

おい、ミリア。おまえ、わざとやってるんじゃないよな？

コースの最後にデザートと食後の飲み物が出る。

生クリームとフルーツたっぷりのタルトに、ミリアの目が輝く。やっぱり女子はスイーツが好きだよな。

「アリウス卿は、いつも自分だけは関係ないって顔をしていますよね」

ミリアがまた俺を睨んでいる。

「なあ、ミリア。俺のことは呼び捨てで敬語もなしにしろよ。同じ一年生に敬語を使われるのは、気持ち悪いからな。まあ、そんなことより……ミリアは何か吹っ切れたみたいだな。前に会ったときよりも、生き生きして見えるよ」

ソフィアの派閥の貴族女子たちと一悶着あったときは、ミリアは自分を演じているような違和感があったし。相手のことを決めつけているような、ぎこちなさを感じた。

だけど今は全然違っていて、普通に楽しそうだ。

「別に……アリウスのおかげとか思っていないわよ！」

ミリアは何故か顔を赤くして憮然とする。

だけど俺は自分が何かしたとか、そんなことは言っていないからな。

「ねえ、みんな。ボクから提案があるんだけど」

突然のマルスの発言にみんなが注目する。

ようやく仕掛けて来たみたいだな。

「ボクたちは魔法実技の授業で、同じAグループになったけど。クラスは割とバラバラだよね？ だけどせっかくこのメンバーが、同じ一年生として学院に入学したんだから。ボクはもっと親睦を深めたいと思うんだよ。今回のお礼に、次はボクがみんなを食事に招待するから。あとはこのメンバーで、一緒に遊びに行くのはどうかな？」

何ていうことのない誘いだけど。ここにいる連中は、マルスと特に仲が良い訳じゃないし。ミリアを除けば面子が面子だからな。

「マルス卿。誘ってくれるのは嬉しいけど、またの機会にしよう。それに君が誘いたいのは、ここにいる全員じゃないよね？」

エリクがやんわりとした口調で断る。エリクは相手の意図を見抜けない間抜けじゃないからな。

「エリク殿下、どういう意味かな？ ボクはみんなと仲良くしたいだけだよ」

戸惑いを見せるマルスに、エリクは苦笑する。

「だったらハッキリ言わせて貰うよ。君はミリアさん以外の僕たちに、政治的な後ろ盾を期待しているんだよね？　教会勢力の中で反枢機卿派が台頭していることは、僕も知っているからね」

「なんだ……そこまでバレているなら話が早いね」

マルスの態度が豹変する。

中性的な顔に強かな笑みを浮かべる。

「エリク殿下が言うように、ボクはみんなの後ろ盾が欲しいんだよ。ボクからの一方的なお願いじゃなくてね。みんなが政敵に対抗するときは、ボクも協力すると約束するよ」

エリクとジークの他にも、王位継承権がある奴はいるし。国王になった後も、政治的な敵がいなくなる訳じゃない。

他のみんなにも、政治的な敵はいるからな。将来マルスが枢機卿になって教会の権力を握るなら、今から協力関係を築くことは悪い話じゃない。

「確かに君が枢機卿になって権力を維持できれば、僕たちにもメリットがある話だけど。マルス卿みたいに性急過ぎるやり方だと、足を掬われるんじゃないかな。僕は君よりも先にミリアさんを食事に誘ったのに。ミリアさんを無視してこんな話をするなんて、どうかと思うよ」

エリクはめずらしく怒っていた。教会内で台頭して来た新勢力が勝つ可能性があると、わざわざ指摘しているのがその証拠だ。

まあ、エリクの方がマルスより一枚も二枚も上手だからな。マルスに言われるまでもなく、すでに手は打っているだろう。

エリクが取引する相手はマルスじゃなくて、現枢機卿の父親の方だからな。

軽く遇（あしら）われたマルスは、奥歯を噛みしめてエリクを睨む。

「エリク殿下。私は邪魔みたいですから、席を外しましょうか？」

ミリアが物怖じせずに割って入る。

「いや、ミリアさんが気を遣う必要はないよ。ねえ、マルス卿？」

ミリア、やっぱりおまえはわざとやっているだろう。

ここでマルスが否定すれば、自分のことしか考えていない奴だと認めるようなものだからな。

この後、マルスは完全に空気になって。昼食会はお開きになった。

第６章
アリウスの日常

Love &
Magic Academy

マルスの件で、ますます乙女ゲーの世界っぽくなくなって来たな。

まあ、俺としては貴族社会や権力闘争を体験する良い機会になるし。恋愛なんて興味ないから、こういう展開の方がありがたいけど。

放課後になると。俺は寮の部屋に戻って私服に着替えながら、知り合いに『伝言（メッセージ）』を送る。

相手から返信が来ると、俺は『認識阻害（アンチパーセプション）』と『透明化（インビジブル）』を発動した。

『認識阻害（アンチパーセプション）』は魔力操作を応用したスキルだ。自分の魔力を周囲に同調させることで、他人から認識されなくなる。

スキルレベルを上げれば、目の前にいる相手も完全に認識できなくなる。自分よりもレベルが高い相手には見抜かれるけどな。

『透明化（インビジブル）』は光属性の第四界層魔法で、装備ごと自分を透明化する。攻撃や魔法を発動すると自動的に解除されるけど。

俺は学院の敷地から出ると、王都の表通りから裏通りに入る。

さらに入り組んだ路地を幾つも抜けると、人通りがほとんどない寂れた場所に出る。

王都にスラム街はないけど。まあ、近い雰囲気の場所だ。

ここには何度も来ているからな。俺は迷わずに、今にも倒壊しそうな建物に入る。

中には武器を持ったガラの悪い男たちがいる。

『認識阻害(アンチパーセプション)』と『透明化(インビジブル)』を解除すると、突然出現した俺に男たちが身構える。

「おい、慌てるなよ。俺はベックに会いに来ただけだからな」

「なんだ、アリウスさんか。毎回毎回、驚かさないでくださいよ」

「いや、仕方ないだろう。ここに入るのを見られる訳にいかないからな。ベックは奥にいるんだろう？」

俺とこいつらは顔見知りだ。

初めの頃は有無を言わせずに攻撃して来たけど。何度かボコボコにしたら、大人しく従うようになった。

「頭目(とうもく)ならいますが……ちょっと今はマズい状況なんですよ」

「ああ、いつものことだろう。事前に『伝言(メッセージ)』を送ったから問題ないよ」

男たちが止めるのを無視して、俺は勝手に奥に入ると。突き当たりの部屋のドアをノックする。

「ベック、アリウスだ」

中で物音がしたから、しばらく待っていると。扉が開いて、シーツで身体を隠した全裸の女子が、慌てて飛び出して行く。

「アリウス。相変わらず、時間に正確だな」

ベッドに腰かけて煙草を吸っている上半身裸の男。

癖のある濃い茶色の髪を長く伸ばした二〇代後半のイケメンで。裸の上半身には、棘のような黒い刺青が刻まれている。

イケメンには違いないけど。『恋学（コイガク）』の攻略対象とは全然タイプが違う。色気がある大人って感じだな。

ベック・ノートンは俺が付き合っている王都の情報屋だ。勿論、名前は偽名だけど。

「ベック。だったら、もう少し早く済ませろよ。おまえは俺が来ても問題ないって『伝言（メッセージ）』で返信しただろう」

「ああ、だから問題ない。アレも俺の仕事のうちだが、おまえの用件の方が優先順位が高いからな」

ベックはベッドの上に二つの紙の束を置く。

「例の件については一通り調べてある。そっちは教会勢力と貴族に関する定期報告だ」

ベックは只の女たらしに見えるけど。物凄い情報収集能力を持っている。戦闘能力も余裕で

S級冒険者クラスだ。

ベックは女と暴力を使って、あらゆる情報を確実に掴む。

手段は選ばないけど、脳筋とは正反対で。確実に殺れるときに冷徹に殺す。

『恋愛脳』な奴とは別の意味で、俺とは別の世界で生きている奴だけど。こいつの二つの価値観だけは共感できる。

一つは、情報には金よりも価値があって。情報収集は基本中の基本だと考えていること。

もう一つは、目的のためなら手段なんて選ばないで。必ず目的を達成すると考えているところだ。

ベックはヤバい奴だけど。付き合い方を間違えなければ、こいつほど役に立つ奴はそうはいない。

俺はベックの報告書に目を通して、内容に満足すると。報酬の金貨が詰まった袋を渡す。

決して安い金額じゃないけど、ベックの情報は正確だし。王都に関しては大抵のことなら調べられるからな。

俺がベックと知り合ったのは、ある冒険者を通じてだけど。ベックのことを教えてくれた冒険者は、もうこの世にいない。

「なあ、アリウス。おまえにはこっちの才能もあるようだから。おまえが望むなら、俺のテクニックを全部教えてやるよ」

ベックの目が妖しく光る。まるで獲物を狙う獣のように。

「いや、遠慮しておくよ。俺はそういうことに興味ないんだよ。勿論、相手が男でもな」

ベックは両方イケるクチで、俺のことを狙っている。

本人がそうだと公言しているから間違いない。だけど俺が油断さえしなければ、何の問題もないからな。

「ベック、おまえと俺は金だけの関係が一番だろう。おまえの情報に相応しい金は払うから、これからもよろしく頼むよ」

俺は報告書を持ってベックの部屋を後にする。

ベックのところから帰った後。俺はいつものように『竜の王宮』を攻略してから、カーネルの街の冒険者ギルドで夕飯を食べる。

最近はジェシカとマルシアだけじゃなくて、アランまで毎日俺と同じ時間に来るようになった。

まあ、向こうが勝手に来るんだから仕方ないし。邪魔だから消えろとか言うのも大人げないからな。

「アリウスさん。メシくらい俺に奢らせてくださいよ」

「いや、アランに集るとか。俺はマルシアじゃないからな」

「アリウス君、その言い方は酷いよね」

「でもマルシアがアリウスに集るのは事実じゃない」

『白銀の翼』の他のメンバーは、少し離れた席で遠巻きに俺たちを見ている。

あいつらともジェシカたちほどじゃないけど、結構話すようになった。

「ねえ、アリウス。私たち『白銀の翼』も『ギュネイの大迷宮』の攻略を本格的に始めたんだけど。何かアドバイスを貰えないかな」

ジェシカが嬉々として訊いて来る。なんか距離が近いんだけど。

「この前も言ったけど、一五〇階層から下は急激に魔物が強くなるからな。敵の強さを見極めて、敵の方が強いと思ったら躊躇(ためら)わずに撤退しろよ」

三〇〇レベルそこそこの『白銀の翼』にとって、高難易度(ハイクラス)ダンジョンの中でも攻略難易度が高い『ギュネイの大迷宮』の攻略は難しい。

もしも俺が『白銀の翼』のメンバーなら、他の高難易度(ハイクラス)ダンジョンをあと幾つか攻略してから『ギュネイの大迷宮』に挑む。

「確かにそうよね。私たちはアリウスみたいに強くないから」

「いや、強さの問題じゃなくて。敵の力を見極めるのは戦いの基本だからな。見誤ったら足を掬(すく)われるぞ」

俺は呪われた武具(カースドアイテム)や、デバフ効果のあるマジックアイテムで調整して『竜の王宮』を攻略しているけど。魔物の力を見極めた上だからな。

　それに何かあれば、即座に装備を変更できるスキルを持っている。そのスキルがなかったら、俺も自分からリスクを負うような真似はしない。

　まあ、ソロの戦いにも慣れたし。最難関（トップクラス）ダンジョンを想定した訓練も、それなりにこなしたからな。そろそろ最初の最難関（トップクラス）ダンジョンに挑んでみるつもりだ。

「ちなみにアリウス君は今何レベルなのかな？　あたしは凄く興味があるんだよね」

「ちょっとマルシア、止めなさいよ！　冒険者にレベルを訊くとか、手の内を晒せって言ってるようなものでしょう！」

　まあ、レベルなんてあくまでも指標に過ぎないからな。スキルや魔法、ステータスの伸ばし方で同じレベルでも大きな差が出る。

　だからと言って、俺のレベルを教えるつもりはないけど。情報を持っている方が有利には違いないし、レベルから勝手な臆測をされても面倒だからな。

「マルシア、俺のレベルを知りたいなら。『鑑定（アプレイズ）』のスキルレベルを上げろよ」

『鑑定（アプレイズ）』は自分よりもレベルが低い相手のレベルやステータスを知ることができるスキルだ。だけどスキルレベルを上げれば、プラス補正が掛かるから。自分よりもレベルが高い相手のレベルも知ることができる。まあ、それも限界があるけど。

「どうせアリウス君はあたしなんかじゃ、絶対に『鑑定（アプレイズ）』できないレベルなんだよね。それに

『能力隠蔽（カバーアビリティ）』も使っていそうだから、レベルの推測もできないよ」

『能力隠蔽（カバーアビリティ）』は『鑑定（アプレイズ）』に対抗するスキルで、『鑑定（アプレイズ）』にマイナス補正が掛かる。

「まあ、俺も一応『能力隠蔽（カバーアビリティ）』は使えるけど。必要性を感じないから、普段は使っていないからな」

自分から情報を晒すつもりはないけど。そこまで隠しだてしようとも思っていない。

「ふーん。今のあたしの『鑑定（アプレイズ）』で測れないから、アリウス君は最低でも五〇〇レベルだけど。ＳＳＳ級冒険者だし、『ギュネイの大迷宮』最下層の魔物をソロで瞬殺できるくらいだから。もっとレベルが高いよね……もしかして七〇〇レベル超えとか？」

「だからマルシア、俺はレベルを教えるつもりはないからな。勝手に調べろよ」

マルシアを放置して、大皿で運ばれて来た料理にかぶりつく。やっぱり、俺はこういう豪快なメシの方が好きだな。

「ねえ、アリウス……勿論、約束は憶えているけど。やっぱり、もう私たちとパーティーを組んでくれないのよね？」

ジェシカがちょっと寂しそうに言う。

この前は二日間限定で一緒にパーティーを組んだけど。俺もそこまで暇じゃないからな。

「ジェシカ。悪いけど、しばらくは無理だな。まあ、たまに一時間くらい『ギュネイの大迷宮』にダメ出しに行くくらいなら構わないけど」

「え……アリウス、それってどういう意味よ？」

「俺は『ギュネイの大迷宮』を攻略済みだからな。『転移魔法（テレポート）』とダンジョンの転移ポイントを併用すれば、どの階層に行くのも一瞬なんだよ。だからジェシカが『伝言（メッセージ）』で、大よその居場所を教えてくれれば。そこまで行って一時間くらいなら付き合ってやるよ」

まあ、乗り掛かった船だし。人に教えるには、理論的に整理する必要があるからな。自分の動きを客観的に分析する良い機会になる。

「そんなに頻繁には無理だし。本当に一時間くらいだからな」

「アリウス……本当に良いの？　ありがとう！」

ジェシカが満面の笑みを浮かべる。

隣でニマニマ笑っているマルシアがウザい。

「時間ができたときに、こっちから『伝言（メッセージ）』で連絡するよ。それで構わないよな？」

「うん。十分だよ」

まあ、今週中は無理だけどな。俺はこの週末から最初の最難関（トップクラス）ダンジョンに挑むつもりだ。それに日曜日には別の予定もある。実家で家族と一緒に夕飯を食べることになっているんだよ。

「俺からもジェシカたちに訊きたいことがあるんだけど。全くの初心者みたいな奴らと、一緒にダンジョンに行った経験はあるか？」

「ええ。冒険者になりたての頃ならあるわよ」

「いや、そういうんじゃなくてさ。自分が強くなってから、素人の面倒を見たことがあるかって話だよ」

「さすがにそれは無いわね。攻略するダンジョンのレベルが違うから」

まあ、そうだよな。Ｆ級冒険者がいきなり中難易度（ミドルクラス）ダンジョンに挑むなんて自殺行為だし。

俺は冒険者になる前に低難易度（ロークラス）ダンジョンを攻略したけど。それは例外だからな。

「質問するってことは、アリウスはそういう状況を抱えているってことよね。ねえ、マルシアは経験ある？」

「素人の護衛なら何度か経験しているけど。ダンジョンで素人と一緒なんて、願い下げだからね」

「ああ。足手纏い（あしでまと）を守りながらダンジョンを攻略するなんて、考えたくもないぜ。アリウスさんみたいに、教えるために一緒に攻略するなら話は別だけどよ。それでもさすがに、素人に教えることなんてねえだろう？」

もっともな話だし。俺もダメ元で訊いただけだからな。

それにまだ実際に問題が起きている訳じゃない。可能性があるから、保険を打っておきたいと思っただけだ。

今月末に、学院で初めてのダンジョン攻略の合同授業がある。学院の授業だから低難易度（ロークラス）ダンジョンで、それ自体は大した話じゃない。

だけど父親のダリウスから、ちょっとキナ臭い話を聞いているんだよ。俺自身もベックに依頼して探りを入れたけど、妙な動きをしている奴らがいる。

まあ、まだ時間があるし。どうせエリクも気づいているだろうからな。向こうの動きを見ながら、手を打つとするか。

◇

俺は土曜日から予定通りに、最難関（トップクラス）ダンジョンの攻略を始めた。

北の彼方にある辺境の地。

険しい山岳地帯に囲まれた場所に、巨人族が造ったような巨大な建造物がある。

直径一〇ｍを超える石の柱が立ち並ぶ広間。

床に描かれた巨大な多重魔法陣。

魔法陣に足を踏み入れると、俺は最初の最難関（トップクラス）ダンジョン『太古の神々の砦』に転移した。

一切壁のない広大な空間。

天井からの魔法の光に照らし出されているのに、果てが見えないのはそれだけ広いからだ。

今の俺は本気モードだ。

重さを感じさせない漆黒の二本の剣と鎧に、補助魔法を自動発動する数々のマジックアイテム。俺自身もありったけの補助魔法を発動する。

『索敵（サーチ）』に反応。彼方から迫って来るのは、フルプレートを纏う巨大な天使という姿の魔物の群れ。

『至高の天使（シュプリームエンジェル）』は高難易度（ハイクラス）ダンジョン『竜の王宮』のラスボス赤竜王（レッドドラゴンロード）を凌ぐ強さだ。

それが一〇〇〇体以上同時に襲い掛かって来る。

おい、いったい何の冗談だよって、グレイたちと初めて挑んだときは思った。

だけど今は……

「一瞬でも気が抜けない戦いって、やっぱり最高だよな！」

空間を埋め尽くすような数の魔物。

『索敵（サーチ）』で全ての敵の動きを把握しながら。音速を超える高速移動と『短距離転移（ディメンジョンムーブ）』を駆使して、数を減らしていく。

今までは超弩級（ちょうどきゅう）の呪われた武具（カースドアイテム）と、デバフ効果があるマジックアイテムで、俺のステータスは半分以下に抑えられていたからな。これが俺の本来の動きなんだよ。

第五界層魔法『短距離転移（ディメンジョンムーブ）』は二ｋｍまでと転移できる距離に制限があるけど。瞬時に発動できるから『転移魔法（テレポート）』よりも実戦向きだ。

『太古の神々の砦』もグレイたちと一緒にクリア済みだけど。前回は三人で今回はソロだからな。

単純に倒す敵の数が三倍というだけじゃなくて。カバーしてくれる奴がいないから、全方位から同時に攻撃される。

逃げ場も隠れる場所もないから、こいつらを全滅させるまで戦いは終わらない。

さらには全滅させたところで、次の階層にはさらに強い魔物たちが待ち構えている。

最難関(トップクラス)ダンジョンには、ショートカットできる転移ポイントなんてないし。

階層間は『転移阻害(アンチテレポート)』のせいで『転移魔法(テレポート)』や『短距離転移(ディメンジョンムーブ)』で移動できない。

だから全階層を一気に攻略することがクリアする条件だ。

最下層以外に、地上に戻る転移ポイントもないから。途中で引き返せば、帰り道も各階層で、リポップする魔物と戦う必要がある。

完全にマゾゲーだな。

だけど魂を削るようなギリギリの戦いを続けるのは、堪らなく楽しいんだよ。自分が強くなっていくのが実感できる。

そう簡単にクリアなんてできないけど。ソロで『太古の神々の砦』を攻略したときに、俺はどこまで強くなっているのか。まあ、途中で死ななければの話だけど。

週末の二日間。俺は延々と『太古の神々の砦』に挑み続けた。

日曜日の夕方。俺は久しぶりに実家に行った。

学院の寮に入る前に一度顔を出したけど、そのときは軽く話をした程度だからな。

「アリウス兄様、いらっしゃい。お待ちしていましたわ」

銀髪で氷青色（アイスブルー）の瞳の美少女がニッコリ笑う。

「アリシア、お帰りなさいだろう。ここはアリウス兄様の家でもあるんだから」

同じ色の髪と瞳の少年が大人ぶって窘（たしな）める。

「まあ！　そうですよね。アリウス兄様、ごめんなさい。言い直しますね。お帰りなさい！」

「ああ。アリシア、シリウス、ただいま」

シリウスとアリシアは、今年九歳になる双子の弟と妹だ。

二人に会うのは、毎年二人の誕生日くらいだから。今でもイマイチ兄弟という実感がないけど。

ちなみに『兄様』という呼び方は、二人が五歳で社交界デビューして他の貴族から影響を受けたのか。シリウスとアリシアが勝手に呼び始めた。

「アリウス、久しぶりだな。おまえも王都にいるんだから、もう少し頻繁に帰って来いよ」

父親のダリウスが気さくな笑みを浮かべる。

ダリウスは三五歳の筈だけど。俺が子供の頃から、見た目がほとんど変わっていない。

「ダリウス、うるさいことを言うとアリウスに嫌われるわよ。アリウスも年頃なんだから、色々と忙しいのよ」

母親のレイアがニマニマ笑っている。

グレイやセレナもそうだけど、うちの両親も全然老けないよな。今でも普通に二〇代で通るだろう。

「いや、母さん。俺はそういうことには興味ないからな」

「興味がないのは、それはそれで問題だけど。本当かしら？　アリウスが学院で色々とやらかしていることは聞いているわよ。私の情報網を舐めないでね」

レイアがウインクする。何か勝手に勘違いしているみたいだな。

「そんなことよりも、母さん。俺は腹が減ってるんだよ。早くメシにしてくれないか」

「アリウス、誤魔化したわね。良いわ。食事をしながら、じっくり話を聞かせて貰うわよ」

いや、期待しているような話なんてないからな。

今夜の料理は母親のレイアが自分で作ったものだ。

レイアも王国諜報部と魔法省の仕事で忙しいから、毎日食事を作ることはできないけど。こうして家族が集まるときは、昔から自分で作ってくれるんだよな。

「うん。やっぱり母さんの料理は美味いよ」

「アリウス、ありがとう。お代わりもあるから、たくさん食べなさい」

勿論、遠慮なんてしないで料理を次々と平らげる。あまりの食べっぷりに、アリシアとシリウスが目を丸くしている。

毎年二人の誕生日には、こんな風に家族五人で一緒に食事をしているけど。二人は毎回、同じような反応をするんだよな。

まあ、俺の食べる量が年々増えているのは事実だけど。

「アリウスはこの前会ったときよりも、また逞しくなったんじゃないか？」

「どうかな。自覚はないけど」

今の俺の身長は一九〇ｃｍを超えているから、父親のダリウスよりも背が高い。

結局毎日ダンジョンに通っているし、鍛錬も欠かさないけど。幾ら鍛えても細マッチョ体型のままなのは『恋学（コイガク）』のキャラだからか。

「ねえ、アリウス兄様。僕もいっぱいご飯を食べたら、アリウス兄様みたいになれるかな？」

「それはシリウスの努力次第だな。だけど俺みたいにゴツくなっても、戦いに有利ってだけだからな」

「そこが重要なんだよ。僕もアリウス兄様みたいに強くなりたいんだ」

シリウスは俺みたいに、赤ん坊の頃から魔力を操作して鍛えた訳じゃないけど。ダリウスとレイアの子供だから、基本スペックは高い。

「アリウス兄様、私も兄様みたいに強くなりたいの」

アリシアも対抗心を燃やしている。微笑ましいな。

「二人も剣術と魔法の鍛錬はしているんだろう？　まあ、俺の真似をすることは勧めないけど」

父親のダリウスと母親のレイアは、シリウスとアリシアのために家庭教師を雇っている。

さすがにグレイやセレナクラスじゃないけど、引退した元Ａ級冒険者らしい。

「アリウス兄様、どうしてそんなことを言うの？　私の憧れはアリウス兄様なのよ。学院に入る前にＳＳＳ級冒険者になるなんて、そんなこと他の誰にもできないわ！」

シリウスとアリシアには、本当のことを話している。

まあ、二人がうっかり他人に喋(しゃべ)っても、子供の言うことだから本気にされないだろう。

「いや、俺みたいに戦いばかりやっているのもな。俺は好きでやっているから構わないけど、他のことを楽しむ暇なんてないからな」

俺は自分が脳筋だとは思わないけど。今、ソロで『太古の神々の砦』を攻略していることが楽しくて堪らないのは事実だ。

毎日命を削るようなギリギリの戦いを続ける生活なんて、普通の奴は楽しいとは思わないだろう。

「そんなこと……アリウス兄様だって学院に通っているじゃない。きちんと勉強だってしているんでしょう？」

「まあ、一応な。だけど放課後に遊んだり、部活とかは一切してないからな」

さすがに座学は全部内職しているとか、言わない方が良いよな。

父親のダリウスと母親のレイアにはバレていると思うけど。

食事の後も、しばらくシリウスとアリシアの相手をして。午後九時になると二人が眠る時間になった。

まだ眠くないとダダをこねる二人を、母親のレイアが窘める。

「ねえ、アリウス兄様。また帰って来てくれるわよね？」

「そうだよ、アリウス兄様。僕もアリウス兄様ともっと話がしたいんだ」

「ああ、また近いうちに来るよ」

「「絶対だからね。約束だよ！」」

俺の弟と妹は本当に微笑ましいな。

さてと、俺は帰るとするか。

「なんだ、アリウス。泊っていかないのか？」

「ああ。明日の朝も鍛錬をするからね」

朝の鍛錬は子供の頃から一日も欠かしたことがない。

実家に泊ってもできるけど、できれば生活のリズムを壊したくないからな。

「アリウス。おまえは本当に戦うことが中心の生活をしているんだな。さっきも放課後に遊んだり、部活をしていないと言っていたが。今でも毎日ダンジョンに行っているんだろう？」

「ああ。週末もダンジョンをずっと攻略しているよ」

別に隠すことじゃないからな。学院にはきちんと通っているし。座学の授業は全部内職しているけど。

俺の考えていることを見透かしたように、ダリウスが苦笑する。

「なあ、アリウス。こんなことを言うと誤解するかも知れないが。俺はときどき、グレイとセレナにおまえの家庭教師を頼んだことが、失敗だったと思うことがあるんだ。

いや、あいつらは本当に良い奴だし。これ以上ない家庭教師だが。今のおまえを見ていると、まるであいつらみたいだって思うんだよ」

ダリウス、レイア、グレイ、セレナの四人は、かつて一緒に冒険者パーティーを組んでいた。四人で最初の最難関（トップクラス）ダンジョン『太古の神々の砦』を攻略して、その功績でSSS級冒険者に挑む機会を得たけど。ダリウスとレイアはSSS級冒険者に挑戦しないで、SS級冒険者のまま引退している。

「俺とレイアは強くなるために冒険者になったが、強くなることで果したい目的があったんだ。俺は強くなることで、母国（このくに）であるロナウディア王国を守りたいと思っていた。レイアはそんな俺のことを支えるために……だから俺たちは冒険者を引退したことを、今でも後悔していない」

父親のダリウスがロナウディア王国の危機を救った功績で、王国宰相になったことは知っている。だけど冒険者になった目的がロナウディア王国を守るためだとは知らなかった。

だからダリウスはアルベルト国王から王国宰相になるように誘われて、アッサリと冒険者を引退したのか。

ちなみにロナウディア王国の危機を救った戦いには、グレイとセレナも一緒に冒険者として参戦しているけど。

父親のダリウスは一人の戦力としてだけじゃなくて、崩壊寸前の王国軍を纏め上げた功績を認められた。

まあ、父親のダリウスの話だけ聞くと。母親のレイアとの馴れ初めを、自分の子供に惚気(のろけ)ているようにも聞こえるよな。

「だけどグレイとセレナは俺たちとは違う。あの二人は特別と言うか、特殊と言うか……何よりも戦うことが好きで、強くなること自体が目的だからな」

まあ、話の途中からダリウスが言いたいことは解っていたけど。

俺もグレイとセレナに出会わなかったら、ソロで最難関(トップクラス)ダンジョンを攻略しようと考えるような戦闘狂にはなっていないだろう。

「確かに俺はグレイとセレナから影響を受けたけど。自分が好きで選んだことだからな。こんな世界があることを教えてくれた二人には感謝しているよ」

命を削るようなギリギリの戦いの中で、自分がどこまで強くなれるか。

誰かに勝ちたいとか、そういうことじゃなくて。

命を削る戦いそのものと、その中で強くなっていく自分を実感できることが、堪らなく楽しいんだよ。

父親のダリウスは、最後は自分で決めて良いと言ったけど。本音を言えば、俺に王国宰相の地位を継がせたいことは解っている。

だけど俺の目標はグレイとセレナのように、どこまでも強くなることだからな。

宰相になるために、強くなることを諦めるつもりはない。

「まあ、おまえならそう言うと思ったが」

父親のダリウスは自分の考えを、子供に押し付けるような人間じゃない。

だから俺は尊敬しているし、できるだけダリウスの望みを叶えたいと思う。

「父さん、話は変わるけど。例の件について、何か新しい情報は入った？」

「いや。あれから特に新しい動きはないな」

学院に関わる不穏な動き。王国宰相のダリウスは諜報部を使って調べていて、その情報を俺にも教えてくれる。

俺も自分の伝手（つて）を使って調べているけど。怪しい動きをしている奴らがいるのは間違いない。

「アリウス。もし何かあったときは、エリク殿下や他の生徒たちのことを頼むぞ」

ダリウスが俺のことを信頼してくれていることは解っている。俺が王国宰相の地位を継ぐかどうかは別にして。

「ああ、解っているよ。エリクなら自分で解決しそうだけどな」

最後にそう言うと、俺は実家を後にした。

＊

時間的な問題から、最難関（トップクラス）ダンジョン『太古の神々の砦』の攻略はなかなか進んでいない。

少しずつ攻略速度は速くなっている。だけど放課後だけじゃ全然時間が足りないんだよ。

週末はそれなりに攻略を進めているけど。二日で全階層を突破するには、まだしばらく時間が掛かりそうだな。

学院生活の方は相変わらずだ。マルスの件があった後も大きな変化はない。

魔法実技の授業で一緒になった奴らと、喋る機会が増えたけどな。

「今日こそはアリウスに一撃食らわせてみせるぜ。『火焔球（ファイヤーボール）』！」

バーンが暑苦しく叫んで火属性第三界層魔法を発動する。

バーンは脳筋だけど、魔法も結構優秀なんだよ。だけど魔法を発動させるのに、いちいち叫ぶ必要はないだろう。

俺は『火焔球（ファイヤーボール）』を躱（かわ）すと『身体強化（フィジカルビルド）』を発動して、手刀で一〇〇ポイントを入れる。『身体強化（フィジカルビルド）』も魔法だから問題ない。

「クソ……また俺の負けか！」

「ア、アリウスは容赦がないわね。あ……別に悪い意味で言っている訳じゃないわよ。手を抜いて相手を弄ぶような真似をしないのは、アリウスの良いところだと思うわ」

ソフィアも、ようやく俺を呼び捨てにするようになった。口調も砕けてきたし。まだちょっとぎこちないけど。

「褒めてくれるのは嬉しいけど。俺は別に相手のことを考えてやっている訳じゃないからな。下手に手を抜くと変な癖がつくんだよ」

「ええ。そういうことにしておくわ」

ソフィアがクスリと笑う。なんか勝手に誤解しているみたいだけど。

「俺だってアリウスに勝てないことは解っているが……理屈じゃなくて勝ちたいんだよ！」

「バーン殿下の気持ち、私も解りますよ。なんかアリウスって、いつもしたり顔で何でもできるって感じで。ときどき無性に殴りたくなりますよね」

ミリアが何故か俺を睨んでいる。こいつは俺に対する遠慮がなくなったというか、俺の扱いが悪くなったよな。

まあ、こういう態度の方が気楽で良いけど。

「おい、ミリア。俺はそういうんじゃないからな。親友のアリウスに負けたくないだけだぜ」

「はいはい。私もどういう訳か、腐れ縁になったアリウスには負けたくないんですよ」

ミリアはバーンともすっかり打ち解けたな。

物怖じしないミリアの性格がバーンも気に入ったんだろう。

「だから、ミリアと俺は全然考えていることが違うだろう！　アリウス、親友のおまえは誤解してないよな？」

「俺はバーンがどう思っているとか興味ないけど」

「アリウス！　それはさすがに親友に対して冷た過ぎないか？」

「まあ、アリウスはそういう人ですからね」

「相変わらず騒がしいな……ミリア、さっきの台詞はどういうことだ？　アリウスを殴りたいとか、女が言う台詞じゃないだろう」

話に割り込んで来たジークが眉を顰めるけど。ミリアは何食わぬ顔で言う。

「ジーク殿下、それは女性を差別する発言ですよ。私が女だからって馬鹿にしています？」

「いや、そういう訳じゃ……」

「殿下が私のことを思って、言ってくれたことは解っていますよ。ですが私はこういう性格なので、諦めてください」

ミリアが相手だと、ジークは全然悪ぶれないよな。

キャラが崩れて、ちょっと可愛そうな気もするけど。本当は良い奴なんだから、素のままで良いんじゃないか。

「それで……エリク殿下。改めて君たちを食事に招待したいんだけど、どうかな?」

マルスは本性がバレているのに、まだ諦めずにエリクたちを食事に誘っている。

まあ、マルスは後ろ盾が欲しいんだから、簡単には諦めないよな。

「マルス卿は相変わらず性急だよね。だけど申し訳ないけど、僕も忙しくてね。当分は君の誘いを受けることはできないと思うよ」

だけどエリクの方が一枚も二枚も上手だからな。全然相手にしていない。

これは父親のダリウスから聞いた話だけど。実のところエリクはマルスの父親である枢機卿と取引して、緩やかな共闘関係を築いたらしい。

この話をマルス本人が聞かされていないのは、次の枢機卿になりたいなら、人間関係くらい自分で構築しろってことだろう。

「部外者の私が言うのも何ですが。マルス卿は自分の都合を優先する人みたいですから。エリク殿下が合わせる必要はありませんよ」

ミリアはマルスに睨まれても平然としている。

「ミリアは物凄くハッキリ言うわね」

「うん。口が悪いって自覚はあるわよ。そんな私のことがソフィアは嫌いになった？」

「いいえ、そんなことないわよ。裏表のないミリアが私は好きよ」

「そう言ってくれるソフィアが私も大好きだよ」

本当に二人は仲が良いよな。身分の違いなんて全然気にしていない。

ジークはそんな二人を微笑ましそうに見ているけど。また悪ぶってるキャラが台無しだな。

「そう言えば。今週の金曜日は、いよいよダンジョン実習の授業だな。今度こそ俺の実力を親友（アリウス）に認めさせるからな。腕が鳴るぜ！」

バーンは相変わらず暑苦しいな。

こいつも良い奴なんだけど。暑苦しいノリは勘弁して欲しい。

学院には生徒専用の低難易度（ロークラス）ダンジョンがある。

王国兵士の訓練でも使っているから、完全に専用って訳じゃないけど。一般の冒険者には解放されていないだけの話だ。

「バーン殿下は随分と乗り気みたいだけど。初めてのダンジョンなんだから、慎重に行動した方が良いと思うよ」

ダンジョンの話が出ると、エリクの表情が微かに変わる。

注意して見ていないと気づかない程度だけど。まあ、エリクも例の情報を掴んでいるからな。

「俺は帝国で何度もダンジョンに行っているからな。ダンジョンなんて慣れたもんだぜ」

「それでも学院のダンジョンに挑むのは初めてだよね。バーン殿下の実力は解っているけど、他の生徒もいる訳だから。特に女性のことは守ってあげないとね」

「それもそうだな。よし、俺がフォローしてやるぜ！」

エリクはバーンの扱い方も上手いよな。

これでバーンがダンジョン実習で、勝手に動くことはないだろう。

「アリウスもみんなのことを、フォローしてくれるよね」

「ああ。俺にできることはやるつもりだよ」

エリクは俺にも釘を刺して来たな。

そんな俺とエリクのやり取りを、ミリアはじっと見ていた。

＊

そして金曜日になって。ダンジョン実習の授業が始まった。

ダンジョン実習は一年生全六クラスの合同授業だ。二〇〇人余りの生徒が一斉にダンジョンに入る。

低難易度（ロークラス）ダンジョンと言っても、下層部に行くと五〇レベルクラスの魔物が出現するからな。

今の時点で一年生の大半が五レベル以下だから、今回は一階層限定だ。

引率の教師は三〇人ほど。クラスの数に対して教師の人数が多いのは、他の学年の教師も応援で参加するからだ。

生徒に魔法や剣術を教える立場だから、学院の教師のレベルはそれなりに高い。

最低でも五〇レベル台で、一〇〇レベル超えもいる。一階層の護衛役としては十分過ぎるだろう——普通の状況ならな。

「なあ、エリク。教師の中に一度も見たことがない奴がいるんだけど」

「他の学年担当の先生もいるからね。見覚えがなくても仕方ないよ」

嘘つけ。俺は学院の教師の顔と名前を全部覚えている。情報収集は冒険者の基本だからな。

そんな俺が一度も見たことがない奴が八人いるんだよ。そいつら全員が一〇〇レベル超えだ。

まあ、エリクが用意した近衛騎士か宮廷魔術士ってところか。

あとは教師たちとは別に、『認識阻害（アンチパーセプション）』と『透明化（インビジブル）』を併用して、隠れている奴らがいる。

俺には普通に見えているけど。

レベルはそいつらの方がさらに高い。父親のダリウスが用意した諜報部の連中だな。

相手もすでに姿を隠して潜伏している。数と戦力は把握済みだ。

一階層については王国側が用意した戦力の方が圧倒的に上だから、とりあえず俺の出番はなさそうだな。

午前中の授業はクラス単位で移動して、魔物は教師たちが片づける。

魔物が出現したら、どう対処するかという解説つきで。まあ、ゲームで言うとチュートリアルって感じだな。

一階層に出現する魔物は、スライムにコボルトにゴブリンにオーク。全部五レベル以下だ。前後を教師たちが固めているから、五レベル以下の魔物なんて何の危険もない。

ダンジョンの魔物は倒すとエフェクトと共に消滅して、魔石と稀にドロップアイテムが残る。初めてダンジョンに来た生徒たちが、驚いて歓声を上げるけど。それも最初のうちだけだった。

只見ているだけの退屈な授業に、腕に自信のある生徒たちが不満の声を上げる。

「みんな、慌てるな。午後からは自分で魔物を倒して貰うからな。魔物を倒した経験がない者は、我々の動きを良く観察しておくように」

昼メシを挟んで午後の授業は、グループ単位に分かれて行動することになった。

八人前後のグループに、それぞれ引率の教師がつく。

引率の教師はあくまでもサポート役で、生徒自身が魔物と戦う。ここからが本当の意味でのダンジョン実習だな。

「なあ、エリク。この面子（メンツ）ってどういうことだよ？」

俺たちのグループのメンバーは、エリク、ジーク、バーン、マルスに俺。それとソフィアとミリアに、ジークの婚約者のサーシャ・ブランカードだ。

『恋学（コイガク）』のメインキャラが勢揃いっていうよりも、奴らが狙いそうなメンバーを集めたって感じだな。

「さあ？　学院が決めたことだから、そんなことを僕に言われてもね」

いや、そんな筈があるかよ。誘いを掛けているのが見え見えだろう。

父親のダリウスが掴んだ情報では、反国王派の貴族に不穏な動きがある。

学院関係者との度重なる接触と、反国王派が王都に集めた高レベル掃除屋（スイーパー）たち。

掃除屋（スイーパー）とは冒険者崩れの犯罪者のことだ。犯罪に手を染めたことで、冒険者をクビになった奴らが、王都に入ることができたのは、偽造した身分証を渡している者がいるからだ。

だけどダリウスが指揮する諜報部は甘くないからな。掃除屋（スイーパー）の存在は手配書と魔導具で確認済みだ。

これだけ状況が揃えば、奴らが仕掛けて来る可能性はかなり高い。そして狙われる可能性が最も高いのは、ここに集まっているメンバーだ。

そこまで解っていながら、わざわざ誘いを掛けて掃除屋（スイーパー）を泳がせているのは。犯行現場を押さえることで決定的な証拠を掴んで、背後にいる反国王派を潰すためだ。

王国の将来のトップたちと、帝国の皇子を餌にすることになるけど。エリクは承知の上でやっている。

　まあ、父親のダリウスも絡んでいるからな。みんなの命が危険に晒されることはないだろう。別に油断している訳じゃなくて、冷静に戦力を分析しているんだよ。

「エリク殿下とアリウスは何を話してるのよ？　なんか怪しいわね」

　ミリアが俺を睨む。こいつも何かあると気づいているみたいだな。

「ミリアさん、何でもないよ。仮に何かあったとしても、アリウスがどうにかしてくれるからね」

　エリクは隠す気もないってことか。

「俺が手を出さなくても、今回は腕が立つ教師が多いようだからな」

　とりあえず、エリクが用意した護衛たちのお手並み拝見といくか。

◇

　引率の教師と一緒にダンジョンの奥に向かう。

　俺たちの班を担当する教師の名前はオスカー・ブライアン。

　まあ、本当は学院の教師じゃなくて、エリクが用意した護衛だけど。

　他にも各グループに割当てられた本物の教師以外の七人が、さりげなく距離を空けて俺たちの周りを固めている。

完全に俺たちを餌にして、反国王派を誘っているよな。

「何だよ、またオークか！　楽勝過ぎて詰まらないぜ！」

「一階層なんだから、仕方ないだろう」

バーンとジークが率先して魔物を倒していく。

こいつらのレベルとステータスなら、余裕なのも当然だな。

「だったら私にもやらせてください。女だから守ってやるって考えは古いですよ」

エリクを除けば、ミリアはみんなの中でバーンの次にレベルが高い。

剣術スキルとＳＴＲがそこまで高くないから目立たないけど。剣術の授業でも堅実な動きを見せていたし。一階層の魔物に後れを取ることはないだろう。

「いや、ミリア。おまえの腕じゃ、危ないだろう」

ジークは『恋学（コイガク）』の攻略対象の一人だから、ステータスが高いし、剣術スキルもミリアより上だ。

だけどミリアの実力は解っていないみたいだな。

「ジーク殿下、でしたら私がフォローします。ミリア、二人で一緒に戦いましょう」

ソフィアの方はミリアの実力が解っているけど、ジークを納得させるために言っているみたいだな。

「うん。ソフィア、ありがとう」

「『影の棘（シャドウソーン）』！」

「『連続斬（マルチスラッシュ）』！」

ソフィアが闇属性魔法でフォローして、ミリアが片手剣スキルでオークを次々と仕留めていく。

ソフィアにフォローされて、ミリアが嬉しそうだな。

「ソフィア様は……その子と仲が良いんですね」

その様子を羨ましそうに見ているのは、ジークの婚約者のサーシャだ。

「サーシャさんも一緒にどうですか？　魔物を倒すとスカッとしますよ」

「え……良いんですか？」

「勿論ですよ。サーシャ、遠慮なんてしなくて良いわよ」

ミリアはサーシャとも直ぐに仲良くなった。

ミリアはコミュ力が高いと言うか、全然物怖じしないからな。

相手が平民という偏見を持たなければ、打ち解けるのは一瞬だ。

ちなみにサーシャの父親であるブランカード侯爵の所領は、王都から遠く離れた王国の西端にあるから。俺が子供の頃に、サーシャと社交界で会ったことはほとんどない。

俺たちは二時間ほど順調にダンジョンの攻略を進めた。

主役は女子三人で。ジークは悪ぶっている癖に、さりげなく彼女たちをフォローするように立ち回っている。

それに気づいたサーシャが頬を染める。こいつらだけ『恋学』しているよな。

「なあ、アリウス。さすがに暇だな。相手がゴブリンやオークじゃ物足りないし。俺と模擬戦をやらないか？」

「いや、バーン殿下。さすがにそれはどうかと思うよ。ダンジョン攻略の授業だから、ボクたちもフォローできるように準備しておかないと」

バーンを止めたのはマルスだけど。こいつが考えていることは解っている。

雑談をしながらダンジョンを進んでいると。突然、空中に光り輝く魔法陣が出現する。

感知発動式の召喚魔法陣。面白い仕掛けをするじゃないか。

魔法陣から出現したのは、五体の翼のある銀色の悪魔——シルヴァンデーモンだ。

こいつは第四界層の範囲攻撃魔法を使うし。硬い鱗は防御力が高くて、魔法耐性まである。とても一階層で出現するレベルの魔物じゃない。

「非常事態だ！　生徒たちは下がれ！」

エリクが用意した護衛のオスカーが即座に動いて、五体のシルヴァンデーモンを瞬く間に仕留める。

他の護衛の七人も集まって来た。こいつらは全員一〇〇レベル超えだから、反応が早いのは当然だな。

「何だよ。デーモンぐらい、俺だって余裕だぜ！」

「いや、そういう問題じゃないだろう。デーモンが一階層に出現するなんて、何者かが意図的に召喚したってことだ」

バーンとジークが女子たちを庇う位置に移動する。

こいつらの動きも悪くない。

確かにバーンの実力なら、相手がシルヴァンデーモンでも互角以上に戦える。

ただし相手が一体ならな。

続けざまに召喚魔法陣が発動して、二〇体以上のシルヴァンデーモンが出現する。

「ここは俺たちに任せろ！　ターナ、ジール、ジェリド、ガイアは殿下たちを避難させるんだ。オルガは他のグループの生徒たちを誘導しろ！」

「了解。さあ、皆さん。こっちです！」

三人が残って魔物に対処しているうちに、四人が俺たちを逃がして。もう一人が他のグループが近づかないように指示する。

まあ、俺たちが狙われているのは明らかだからな。悪くない対応だけど。

・・・・・・・逃げ道に誘い込まれていることには、気づいていないのか。

護衛の一人が先頭を駆け抜けた直後に、巨大な魔法陣が出現する。纏めて嵌（は）めるための遅延（ディレイ）式トラップだ。

しかも今度は召喚魔法陣じゃない。魔法陣から出現したのは、ダンジョンの中でよく見かける転移ポイントだ。

「テレポートトラップだと！　全員、体を張って殿下たちを守れ！」

転移ポイントで飛ばした場所に、敵が待ち構えているパターンだな。

だけど何故かテレポートトラップは発動しなかった。

「不発だと……どういうことだ？」

まあ、俺が『転移阻害（アンチテレポート）』を発動したんだけど。

「魔法陣を『解析（アナライズ）』したから、どこに飛ばそうとしたのかは解っているよ。なあ、エリク。こっちから仕掛けるなら、少し座標をずらして『転移魔法（テレポート）』を発動するけど」

第一〇界層魔法『解析（アナライズ）』は、魔法やアイテムの効果を詳細まで調べることができる。

「アリウス、お願いするよ。せっかくのチャンスだからね」

やっぱりエリクは確信犯だな。テレポートトラップがあることが解っていて、あえて飛び込むつもりだったんだろう。

まあ、こっちにも一〇〇レベル超えの護衛たちと、『認識阻害（アンチパーセプション）』と『透明化（インビジブル）』で隠れている諜報部の連中がいるから問題ないか。

「エリク殿下……どういうことですか？」

「ターナ、ジール、ジェリド、ガイア。君たちには最後まで付き合って貰うよ」

エリクはそう言いながら、誰もいない場所に視線を動かす。

諜報部の連中にも、隠れている敵の存在にも、気づいているってことだ。

「エリク殿下もアリウスも、何をゴチャゴチャ話しているのよ。私たちにも何が起きているのか、きちんと説明して！」

「私もミリアと同じ意見です。エリク殿下、説明してください！」

ミリアとソフィアが俺とエリクを睨む。

他のみんなも真剣な顔で頷いている。

マルスだけは目が泳いでいるけど。

実はマルスも襲撃の情報を掴んでいて。教会と繋がっている教師に護衛を依頼している。

だけどマルスが依頼した教師は展開について行けなくて、完全に空振りしているけど。

「みんなには悪いけど、説明は後回しだ。まだ敵が潜んでいるから、俺と一緒にいるのが一番安全だ。みんな、俺の傍から離れるなよ」

デーモンを殲滅（せんめつ）しているオスカーにも声を掛けておく。

「オスカー先生。五人の敵が潜伏していることには気づいているよな？　そいつらの対処はあ・・・・・・んたたちに任せるからな」

オスカーと諜報部の連中の反応を確認すると。俺は『絶対防壁（アブソリュートシールド）』を展開してから、『転移魔法（テレポート）』を発動する。

派手な魔法の使い方だけど、A級冒険者でも使う魔法だから問題ないだろう。

転移する先は——ダンジョンの最下層だ。

◆

『転移魔法（テレポート）』は視界内、あるいは訪れたことのある場所にしか移動できない。

つまりテレポートトラップを『解析（アナライズ）』して、飛ばされる座標を特定しても。そこに行ったことがなければ、『転移魔法（テレポート）』で移動することはできないんだよ。

だけど問題ない。俺は学院のダンジョンを攻略済みだからな。

ダンジョン実習の授業で、反国王派の貴族が仕掛けて来る可能性が高いことは解っていたから。事前準備として、学院のダンジョンを攻略しておくのは当然だろう。

潜入するのは簡単だし。学院のダンジョンは低難易度（ロークラス）だから、俺は一時間も掛けずに攻略した。だから勿論、最下層の地図は頭に入っている。

俺は待ち構えている奴らの背後を狙って転移した。

そこはラスボスがいる広い玄室で。

テレポートトラップで飛ばされる筈だった場所は、ラスボスが出現する座標にピンポイントだ。

案の定。ラスボスが出現する場所を取り囲むように、掃除屋（スイーパー）たちが待ち構えている。

人数は六人。『鑑定（アプレイズ）』したら全員一〇〇レベル超えで、そのうち二人は二〇〇レベル台だ。

テレポートトラップで飛ばされていたら、ラスボスとこいつらを同時に相手にするハメになった。

だけど俺は座標をずらして転移したから、奴らの背後を取る形になる。

「「「「……！」」」」

ターナ、ジール、ジェリド、ガイアの四人は即座に状況を判断して。無言のまま掃除屋（スイーパー）の背後から切りつける。

だけど相手も『索敵（サーチ）』で反応して、攻撃を受け止めた。

「チッ！　どういうことだ？　こっちの動きがバレているじゃねえか！」

「ねえ、喋る暇があるならさっさと始末したら？　向こうから飛び込んで来たんだから、結果的には同じことでしょう！」

頬に傷のある男と、派手な金髪の女子が真っ先に動く。この二人が二〇〇レベル台だ。

剣と魔法の連携でターナたち四人をアッサリと突破すると、こっちに向かって来る。

こいつらは状況を良く理解している。エリクたちを殺せば、奴らの勝ちだからな。

ターナたちは二人を追おうとするけど、残りの掃除屋（スイーパー）たちが行く手を阻む。

他の奴との連携もしっかりできているな。

だけど、そもそも奴らに勝ち目なんてないんだよ。

最下層にも諜報部の連中が、俺たちが来る前から潜伏しているし。一階層にいた諜報部の連中のうち、俺の『転移魔法（テレポート）』で三人が一緒に来ている。

今回の作戦に参加した諜報部の連中は全員二〇〇レベル超えだからな。諜報部の連中が動けば、掃除屋（スイーパー）たちを制圧できるけど。まだ動くつもりはないらしい。

エリクたちの安全を第一に考えるなら、とうに動いているべきだ。だけどまだ動かないってことは、掃除屋（スイーパー）の戦力は分析済みで。いつでも制圧できる自信があるってことか。

「なあ、エリク。うちの父親と、どこまで結託しているんだよ？」

ターナたち四人だけじゃ、ここにいる掃除屋（スイーパー）たちに対抗するのは厳しいだろう。

だけどエリクは自分からテレポートトラップに飛び込もうとした訳だから、諜報部の連中もエリクの指揮下にあるってことだな。

「結託しているなんて、人聞きが悪いね。僕はダリウス宰相から戦力を借りただけだよ。だけどできれば彼らの力は借りたくないからね。君がいるから一階層に護衛を残して来たけど。全員連れて来るべきだったかな」

エリクの護衛を全員連れて来れば、ここにいる掃除屋（スイーパー）たちと互角以上の戦いができただろう。

だけど一階層にもまだ敵がいたから、エリクは手勢の半分を残して来た。

俺もオスカーに一階層の対処を任せるって言った手前もあるし。ここは俺が働けってことだな。

「エリク殿下もアリウスも、何を暢気（のんき）に喋っているのよ。さっきから思いきり攻撃されているじゃない！」

ミリアが焦る気持ちは解る。頬に傷のある男と金髪女子が、スキルと魔法で執拗に攻撃しているからな。

「『高圧電撃（ハイボルテージライトニング）』『徹甲魔弾（ピアシングバレット）』！」

金髪女子の魔法は、派手さよりも威力を重視したもので。

「『破城槌（パイルバンカー）』『回転破砕（スピニングクラッシュ）』！」

頬に傷のある男が使っているスキルも、突破力に優れた実戦的なモノだ。

如何（いか）にもプロの仕事ぶりだし、やり方としては間違っていないけど。

「何なのよ、この『絶対防壁（アブソリュートシールド）』の硬さは！」

「チッ！　俺の攻撃が全然効いてねえだと？」

『絶対防壁（アブソリュートシールド）』は、あらゆる攻撃に有効な魔力の防壁だけど。『絶対防壁（アブソリュートシールド）』の限界を超えるダメージを与えれば、破壊することができる。

だけど俺の『絶対防壁（アブソリュートシールド）』に、こいつらの攻撃は無効だ。防御力が高過ぎて、ダメージが通

らないからな。

それでも散々攻撃されて、エリクとバーン以外のみんなは不安そうだし。

「アリウス。貴方はどうするつもりなの？」

ソフィアが問い掛けるように、真っ直ぐに俺を見ている。

バーンが何故か余裕な顔をしているのは、何となくムカつくけど。

「ソフィア、ミリア。解ったよ。ちょっと片づけて来るから」

俺は自分だけ『絶対防壁（アブソリュートシールド）』から出ると。一気に加速して金髪女子の目の前に迫る。

「おまえら、結構やるよな」

「え……」

金髪女子が反応する前に、手刀を叩き込んで意識を刈り取る。

こいつらは生きた証拠だからな。殺したりはしない。

「『皆殺しのリリス』を一撃だと……てめえ、いったい何者だ？」

頬に傷のある男が隙のない構えで、俺を牽制する。

使い込まれた防具と、実用一辺倒の幅広の剣（ブロードソード）。スキル構成も良く考えているし。こいつの戦い方は悪くない。

だけど『皆殺しのリリス』って……中二病臭い通り名だな。

こうなると男の方の通り名も訊いてみたいけど。まあ、拘束してから、後で吐かせれば良いか。

頬に傷のある男が俺の方を窺(うかが)いながら、剣に魔力を集中させる。

こいつは魔力操作の精度も高いんだよな。

「『断絶斬(ブレイクエッジ)』！」

魔力を凝縮した高速の斬撃を、俺は収納庫(ストレージ)から取り出した剣で受ける。

躱すのは簡単だけど、斬撃の射線の先にターナたちがいるからな。

俺は男の背後に『短距離転移(ディメンジョンムーブ)』で移動すると。奴が反応できない速度で意識を刈り取る。

「……エリク殿下。この人たち、実は弱いんですか？」

ミリアが唖然としている。

「そんなことはないよ。全員一〇〇レベルを超えているから、A級冒険者相当ってところかな。

特にアリウスが倒した二人は二〇〇レベルを超えているよ」

なあ、エリク。わざわざ解説するなよ。やり難(にく)いだろう。

残りの掃除屋(スイーパー)は放っておいても、ターナたち四人が何とかするだろうけど。

こいつらは犯罪者だからな。捕まれば殺されると思って、最後まで抵抗するだろう。

とりあえず証人として生かしておくために、俺が倒しておくか。

「す、全て一撃だと……さすがは噂のアリウス卿ということか」

「ジルベルト宰相の御子息だから……ということですか？」

ターナたちが騒いでいるけど、こいつらはエリクが手配した訳だし。

諜報部の連中も父親のダリウスの部下だからな。今回の件で俺がＳＳＳ級冒険者のアリウスだと疑われることはないだろう。

エリクにはもうバレていると思うけど、今さらだからな。

それにソフィアやミリア、バーンにバレたところで。俺の噂を広めるとは思わないし。

ジークとサーシャは勝手に『恋学（コイガク）』をやっているから問題ないだろう。

マルスが噂を広めたら、潰せば良いだけの話だからな。

「ねえ……エリク殿下にアリウス。さっきの魔物とか、この人たちのこととか。そろそろきちんと説明してくれない？」

「そうですね。後回しにする理由は、もうありませんよね？」

ミリアとソフィアが真剣な顔で、答えを求めるように俺とエリクを見る。

他のみんなも俺たちを見ている。

まあ、俺は巻き込まれただけだけど。みんなを置き去りにして、掃除屋（スイーパー）を無力化することを優先したからな。文句を言われても仕方ないか。

「なあ、エリク。おまえから説明した方が良いんじゃないか？」

「うん、そうだね。みんなのことを後回しにして悪かったね。僕たちを襲った彼らは『掃除屋（スイーパー）』と呼ばれる殺し屋で、一階層で襲って来た魔物も掃除屋（スイーパー）が召喚したんだ。彼らを雇ったのは反国王派の貴族。目的は僕たちを殺すことだよ」

エリクはいつもの爽やかな笑みを浮かべながら説明する。

反国王派の貴族が学院関係者と頻繁に接触していて。同じタイミングで高レベルの掃除屋（スイーパー）が王都に潜入したこと。

学院関係者の手引きで、掃除屋（スイーパー）が学院のダンジョンに潜伏していたこと。

反国王派の貴族の中には、エリクとジークを始末したいと思っている奴らがいる。国王の後継者である第一王子と第二王子がいなくなれば、王家の求心力は衰えるし。他の王位継承権を持つ者に国王になるチャンスが巡って来るからだ。

そいつらはエリクとジークの婚約者であるソフィアとサーシャ、そして王国宰相の息子である俺のことも始末したいと思っている。

将来の王家を支える者たちを殺して、王家と三つの大貴族の関係を絶つことは、王家の弱体化に繋がるからだ。

「今回のダンジョン実習で、彼らが仕掛けて来ることは容易に想像できたよ。王家と王家に纏（まつ）わる僕たち五人を、同時に殺すことができるチャンスだからね。だから他の生徒を巻き込まないためと、守りやすいという理由から、僕たち五人を同じグループにして。引率の教師の中に護衛を紛れ込ませておいたんだよ」

バーンとマルスまで同じグループにしたのは、二人を巻き添えにして殺すことで王家に責任を負わせようとする可能性を考えたからだ。

一緒に行動することで狙われる可能性は高まるけど、守りやすくもなる。

ミリアについては彼女自身が狙われる可能性は低いけど。結局同じグループにしたのは、人質にされる可能性を考えたからだな。

「状況は理解しましたけど。だったらどうして、先に教えてくれなかったんですか？」

ミリアはまだ納得できないみたいだな。

事前に知っていれば、自分たちにも対処の仕方があったと言いたそうだ。

「エリク殿下、私もミリアと同じ意見です。殿下とアリウスは襲撃を予測していたんですよね。その上で黙っていたのには、何か理由があるんですか？」

ソフィアは真っ直ぐにエリクを見る。エリクの真意が知りたいってところか。

「俺もその辺を訊きたいぜ。巻き添えにされる可能性があったのに、何も知らされてなかったんだからな」

「兄貴、俺にも教えてくれないか。兄貴はいつも誰にも相談しないで決めるし。それは全部自分で背負う覚悟があるからだってことは、俺だって解っているつもりだ。

だけど今回ばかりは、理由くらい教えてくれても良いだろう？」

バーンとジークもエリクに迫る。

「私は難しいことは解りませんが……エリク殿下が全部承知の上で、ジーク殿下を危険に晒したのでしたら……許せません！」

サーシャは不敬なことは承知の上で、エリクを睨んでいる。

その肩をミリアとソフィアが支える。

答えを待っているみんなに、エリクはいつもと変わらない爽やかな笑顔で応える。

「みんなに黙っていたことは申し訳ないけど、理由は簡単だよ。君たちに教えたら警戒するだろう？　君たちが警戒した態度を取れば、相手も警戒して襲撃を中止する可能性があったからね。僕としては危険な芽を確実に摘んでおきたかったんだよ」

「それって……私たちが信用できないってことですか？」

「いや、そうじゃなくてね。みんなは僕みたいに性格が悪くないから、態度があからさまに変わるだろう。

それだけで相手が警戒するには十分だからね。だけど敵を誘い出すために、みんなを餌として使ったことは事実だから。そこは謝るしかないよ」

エリクは言葉を飾らずに非を認める。

だけど決して悪びれることはなく、自分のしたことを後悔していないって感じだな。

「だけどエリク殿下がアリウスだけを信用していたことには変わりないぜ。アリウスだけが事前に知っていたんだからな」

「バーン殿下、それは誤解だよ。僕はアリウスに何も話していないからね。アリウスは父親のダリウス宰相からの情報で、独自に動いていたんだよ」

「ああ。俺もエリクが動いていることは気づいていたけど。俺はエリクと共謀していた訳じゃないからな」

エリクに上手く使われた形になったけど。俺としては目的が果たせたから問題ない。

「あと、こう言っては何だけど。ジークとマルス卿には文句を言われたくないね。ジークもロナウディア王国の王子なんだから、やろうと思えば僕と同じことができた筈だ。マルス卿は僕と同じように襲撃の情報を掴んでいながら、相手の実力を見誤って上手く対処できなかったんだからね」

エリクの言葉に、みんなの視線がマルスに集まる。

「いや……教会の情報網はそこまで確実なものじゃないんだよ。それにボクが動かせる戦力は、エリク殿下ほどじゃないからね……」

言い訳じみたことを言いながら、マルスは悔しそうな顔をする。

今回のことでマルスは、エリクとの実力の差を見せつけられたようなものだからな。

「俺は……兄貴みたいには……」

「ジーク、できるかできないかという問題じゃないんだ。これは王家としての務めだからね。僕に説明を求める前に、ジークは自分で考えて行動すべきだと思うよ」

突き放すような言い方にも、どこか優しさを感じる。

みんなはまだ納得していないみたいだけど、エリクはみんなに理解を求めている訳じゃない。質問されたから答えただけで。誰に何と言われようが、エリクは自分のやり方を変えるつもりはないだろう。

「とりあえず、そろそろ戻ろうか。まだやることが残っているからね」

一階層に潜んでいた奴らを、残った連中で片づけたか確認する必要があるし。捕らえた掃除屋（スイーパー）から情報を引き出す必要もあるからな。

まあ、その辺はエリクと諜報部の連中のお手並み拝見というところだけど。

結論から言えば、俺はエリクというよりも諜報部の実力を侮っていた。

六人の掃除屋（スイーパー）はアッサリと口を割って。エリクたちを暗殺しようとした反国王派の貴族たちは拘束された。

諜報部の連中は掃除屋（スイーパー）を拷問した訳じゃない。

『魅了（チャーム）』『命令（ギアス）』『服従（サブミッション）』などの精神支配系魔法のオンパレードで自白させた。

俺も精神支配系魔法は一応使えるけど。ほとんど使ったことがないから、使い物になるレベルじゃない。

だけど諜報部の連中は完璧に使いこなして、掃除屋（スイーパー）と貴族たちに全部自白させた。

魔法は実際に使うことで精度が上がるから、諜報部の連中は普段から使っているってことだ。

まあ、犯罪者に対して精神支配系魔法を使うことは、ロナウディア王国では合法だからな。

魔法で喋らせた情報も証拠として有効だ。

だから掃除屋（スイーパー）の自白を証拠として貴族を捕らえて、奴らにも同じ魔法を行使することができた。

もっとも、反国王派の貴族の中にも用心深い奴がいて、一番の実力者は蜥蜴（とかげ）の尻尾切りで生き延びた。

誰が本当の黒幕なのかは解っているけど。証拠がないから捕らえることができなかったんだよ。

それと一つ疑問が残っている。何故このタイミングで、奴らが仕掛けて来たかってことだ。

最初のダンジョン実習の授業は、普通に考えれば学院側も慎重になる筈だから。確実に暗殺したいなら、このタイミングは避けるべきだろう。

暗殺対象はエリクたち将来の王国を担う人材だからな。そこまで焦って暗殺する必要はないだろう。

それでも奴らが今回暗殺計画を実行したってことは、他に何か急ぐ理由があったか。警戒されても成功すると踏んでいたからだろう。

だけど奴らの動きは、父親のダリウスもエリクも掴んでいた訳で。結果的には危うげなく阻止することができた。

ここからは完全に俺の憶測だけど。例えばこっちの警備体制に関する情報が漏れていたとしたら。

それも全部じゃなくて、姿を隠していた諜報部の連中と俺以外について。

もしそうだったら、奴らはこっちを上回る戦力を用意して、警備の隙を突けると思ったのかも知れない。

つまり奴らは初めから踊らされていたってことだ。

俺の憶測が正しいとしたら、誰が奴らを踊らせたのかという話だけど。

父親のダリウスの性格を考えれば、エリクたちを餌にして危険に晒すような真似はしないだろう。

諜報部が勝手に動いた可能性もゼロじゃないけど。それを見逃すほどダリウスは間抜けじゃないからな。

つまり一番可能性が高いのはエリクだ。

だけど結局のところ俺の憶測に過ぎないからな。俺に解っているのは、エリクには独自の人脈と情報網があるということだけだ。

父親のダリウスはエリクに暗殺計画に関する必要な情報は伝えたけど。全ての情報を伝えていた訳じゃない。ダリウスは諜報部の連中に襲撃の対処をさせるつもりだったからだ。

だけどエリクは完全に状況を把握していた。

そして今回の功績で、ロナウディア王国におけるエリクの影響力は強まった。

作戦に参加した諜報部の連中も、当面の間はエリクの指揮下に置かれるそうだ。

諜報部は王国宰相である父親のダリウス配下の組織だから、最終決定権はダリウスが握っているけど。

まあ、今回の事件がエリクの策略だったとしても。エリクなら策に溺れるような馬鹿なことはしないだろう。

それに父親のダリウスが目を光らせているから、大抵のことなら対処できる。とりあえず、エリクの話はこれくらいにして。

話は変わるけど。俺はこれまで学院の授業は基本全部出席している。

座学の授業はほとんど内職しているけど。それでも授業自体をサボったことはない。

だけど最難関（トップクラス）ダンジョンにソロで挑むようになって、一番のネックは毎日授業に出ることなんだよ。

纏まった時間がないと最難関（トップクラス）ダンジョンは攻略できないからな。

だから今回の事件に対処したことの報酬として。卒業に必要な単位は確実に確保することを条件に、出席率を減らしたいとダリウスと交渉したんだよ。

学院の授業をサボることは、別にめずらしいことじゃない。王族には王位を継ぐ前から公務があるし。貴族の子供も家督を継ぐような奴は、何かと家に関係した仕事があるからだ。

だから学院もそこまで出席を重視していない。大抵の授業は試験の成績さえ良ければ単位が取れる。学院の試験なんて俺には余裕だからな。

そんなことは父親のダリウスも当然解っている訳で。俺が授業をサボりたいと言い出すことは予想していたらしい。

だから答えも当然用意していて。出席率を減らす代わりに、定期的に社交界に顔を出せと言われた。

俺は授業が終わると毎日ダンジョンに直行で。週末もダンジョンを攻略しているからな。学院に入学してからも、社交界には一切顔を出していない。

貴族たちの情報は収集しているけど。ダリウスとしては学院に通っているうちに、貴族社会の経験を積ませたいらしい。

まあ、経験することの重要性は理解しているよ。正直に言えば面倒臭いけど。本格的に最難関(トップクラス)ダンジョンに挑む時間を確保できる方が、俺にとっては重要だからな。

だから俺はダリウスの交換条件を呑むことにした。

「アリウス、おまえと会うのは八年ぶりか？」

「はい、陛下。ご無沙汰しておりまして、申し訳ありません」

という訳で。俺は早速王宮で行なわれたエリク主催の舞踏会に出席している。

学院に通っている若い貴族ばかりを集めた筈なのに。国王がいるのは、俺が社交界に復帰するならせっかくだからと、父親のダリウスがサプライズで連れて来たからだ。

ロナウディア王国現国王のアルベルト・スタリオンは、さすがはエリクとジークの父親というところか。今でも金髪碧眼（へきがん）のイケオジって感じで外見ハイスペックだ。

それに普通なら俺の方から挨拶に行くべきとか言われそうだけど。自分から舞踏会の会場に顔を出す気さくさは、エリクと良く似ている。

「では、陛下。あとは若い者たちに任せましょう」

「ああ。エリク、邪魔をしたな。あとのことはよろしく頼む」

アルベルト国王と父親のダリウスが退室した後。俺は貴族女子たちに囲まれる。

授業で見たことのある顔じゃないし。見た目からして大半が上級生だな。

みんな派手なドレスを着ているし。それなりに爵位が高い貴族の令嬢ってところか。

俺はロナウディア王国の貴族の情報を一通り掴んでいるけど。貴族たちの娘の顔までは憶えていない。政治や勢力争いに関係ないからな。

「アリウス様の噂は予々（かねがね）伺っておりますわ」

「バーン殿下に勝る剣術も、マルス様を打ち負かした魔法も素晴らしいですわね」

「学院のダンジョンに侵入した不埒者（ふらちもの）を退けたときに、一番活躍されたのもアリウス様だと聞いていますわ。アリウス様がいかに勇猛に不埒者たちと戦われたか、是非お話を聞かせてくださいませ！」

俺が掃除屋（スイーパー）と戦ったのは、他の生徒がいないダンジョンの最下層なのに。噂になっているのは、エリクが俺の活躍を散々宣伝しているからだ。

『アリウスが掃除屋（スイーパー）たちを倒したと、噂を広めて構わないかな？　今回逃した反国王派の大物を捕らえるために、僕は手の内を晒したくないんだよ』

俺が仕留めたのは事実だからな。エリクの話に乗ることにした。

「悪いけど、俺は自慢話をする趣味はないんだよ。噂話をするなら勝手にしてくれ」

この噂は学院中に広まっているから。最近は『恋愛脳』な女子たちの視線が、さらに増えて鬱陶（うっとう）しい。

噂について訊いてくる奴は、毎回こんな感じで適当に遇（あしら）っているけど。

「まあ！　活躍されたのに自慢されないなんて、アリウス様は素敵ですわ！」

「そうですわ。まさに殿方の鑑ですわね！」

舞踏会の雰囲気のせいか。邪険に扱っても、女子たちは俺を解放するどころか、取り囲んだまま勝手に盛り上がっている始末だ。

「みんな、アリウスのことが気になるんだよ。君も久しぶりに舞踏会に来たんだから、もっと楽しめば良いんじゃないかな」

「「「エリク殿下！！！」」」

エリクの登場に、貴族女子たちがさらに盛り上がる。

まあ、楽しむかどうかは別にして。貴族たちと上手く付き合うのも勉強のうちだからな。

「俺は話すのが苦手なんだよ。代わりに一曲踊らないか」

今日は舞踏会だからな。王宮が抱える楽団が、会話の邪魔にならない適度な音量で曲を奏でている。

最初に声を掛けて来た女子に手を差し伸べると。

「ええ、喜んで！」

頬を染める女子をリードしながら、曲に合わせて派手に踊る。

別にダンスが初めてという訳じゃない。七歳までは一応、社交界に顔を出していたからな。

それに俺のステータスなら、ダンスくらい余裕だ。

一曲目が終わると、盛大な拍手が沸き上がる。

まあ、目立つのは今さらだからな。

当然次は自分の番だと、待ち構えている貴族女子たち。

俺は順番に全員の相手をした。


とりあえず一緒にダンスを踊った女子たちの顔と名前は全部憶えた。

次に会ったときに憶えていないと、面倒なことになるからな。

「ホント、面倒臭いよな」

舞踏会の会場を抜け出して、誰もいない王宮のバルコニーで冷たい風に当たる。

「アリウスはモテるのね」

突然の声に振り向くと、何故かソフィアが不機嫌な顔をしていた。

まあ、ソフィアが近づいて来ることには気づいていたけど。

「エリクほどじゃないだろう。それにどうせ、あいつらは俺じゃなくて、宰相の息子に興味があるんだろう」

将来の王国宰相は優良物件だからな。俺はエリクやジークと違って婚約者もいないし。

まあ、単純に俺の見た目が目当ての女子や、色々と目立つことをしたから、興味本位な奴もいるだろう。だけどいずれにしても俺には関係ない。

俺がウンザリした顔をすると、ソフィアはクスクスと笑う。

「そんな筈がないわよ。アリウスは随分と自己評価が低いみたいだけど。みんなは貴方という人に近づきたいと思っているのよ」

ソフィアは優しく微笑む。

「アリウスは人のことを放っておけない優しい人よ。貴方のおかげで、私も自分に素直になれたわ。ありがとう、アリウス」

「ソフィアは俺を買い被り過ぎだよ。俺は自分がやりたいことをしているだけだからな」

「そうね。そういうことにしておくわ」

ソフィアは真っ直ぐに俺を見つめる。

「今回の件で、アリウスが強いことは良く解ったわ。だけど、だからと言って。貴方が無理をする理由にはならないわ。

子供の頃にも、貴方に言ったけど。アリウスが無理して笑う必要はないわよ」

ミルクティーベージュの長い髪に、碧色（みどりいろ）の瞳の綺麗系完璧美少女。ゲームの『恋学（コイガク）』のソフィアは『悪役令嬢』だった。

だけどこの世界のソフィアは、本当に良い奴だからな。

赤いドレス姿で優しく微笑んでいるソフィアが、月明かりに浮かび上がる。俺は思わず見惚（みと）れてしまう。

女子をこんなに近く感じるなんて初めてだ。

「なあ、ソフィア……」

言い掛けて、途中で止める——いや、俺は何を考えているんだよ？

俺は恋愛なんて興味ないからな。

ソフィアは俺を見つめたまま、次の言葉をじっと待っている。

「……そろそろエリクのところに戻るか」

だけど俺にとって都合が良いことに、ソフィアはエリクの婚約者だ。

たとえ政略結婚の相手だとしても、この事実は変わらない。

「そうね。ホストのエリク殿下をサポートするのも、婚約者である私の役目だから」

ソフィアも俺の意図に気づいたみたいだな。

少しだけ寂しそうに見えるのは……俺の気のせいだろう。

「アリウスがダンスを踊るなんて意外だぜ……いや、そうでもないか。アリウスは何でもできるからな」

舞踏会の会場に戻ると、バーンにこんなことを言われた。

そう言えば、こいつも舞踏会に参加していたんだよな。

「いや、何でもできる訳じゃないからな。俺にも苦手なことはあるよ」

「例えば女の相手とかか？　俺もそう思っていたんだが、さっきの様子だとそっちも得意そうじゃないか」

バーンが顎（あご）をしゃくった先には、俺がダンスの相手をした女子たちがニッコリ笑いながら手を振っている。

そう言うバーンも声を掛けて来る女子たちに、当然という感じで相手をしている。

暑苦しい奴だから忘れそうになるけど。バーンも『恋学（コイガク）』の攻略対象の一人のワイルドなイケメンで、大国グランブレイド帝国の第三皇子だからな。モテない筈がないし、女子の扱いにも慣れている。

「俺にも一つだけ、アリウスに勝てることあると思っていたんだが」

「いや、俺はやっぱり女子は苦手だよ」

『恋愛脳』な女子と絡むのは面倒臭いからな。

「アリウスが苦手なんて言ったら、壁際にいる奴らに刺されるぜ。まあ、あいつらが返り討ちに合うのは確実だがな」

エリク主催のこの舞踏会には、学院に通う生徒の多くが招待されている。

そのせいだろう。男子たちの嫉妬の視線を浴びるのも、学院にいるときと変わらない。

男子たちは社交界に疎い俺が、ダンスが下手で馬脚を露（あら）わすことを期待していたのか。派出なダンスを披露した後は、いつもより嫉妬の視線が増した気がする。

ダンスを踊った女子たちを俺が独占していると思っているのか。

エリクは平民の生徒も招待したらしいけど、大半は空気を読んで辞退したみたいだな。

まあ、学院に二割しかいない平民の生徒が、貴族だらけのパーティーに参加しても、肩身が狭いだけで面白くないだろう。

ミリアは肩身が狭いとか関係ない感じだけど。そもそもパーティーが好きじゃないと言って参加しなかった。

腹が減ったから、ビュッフェ形式の料理を皿に盛って食べる。

さすがは王室御用達の料理人が作っているからメシは美味い。

魔導具で保温しているから温かいし、新しい料理も次々と運ばれてくる。

「アリウス様、こちらの料理も如何（いかが）ですか！」

俺が食べ始めると、女子たちが皿を持って集まって来た。

バーンと一緒に料理を次々と平らげながら、彼女たちの相手をすることになる。

俺はかなり食べる方だけど、バーンも結構な大食漢だよな。

豪快に食べる俺たちに女子たちが見惚れて、呆れた顔をする男子もいるけど。きちんとマナーは守っているから問題ない。

「それにしても……本当にお似合いですわね」

「そうですね……思わず嫉妬してしまいますわ」

女子たちの視線の先。エリクの隣にソフィアが、ジークの隣にはサーシャが寄り添っている。

確かに如何にも貴族の令嬢という感じの綺麗系完璧美少女のソフィアと、豪奢な金髪の完璧イケメンのエリクは良く似合っている。

たとえ政略結婚の相手だとしても、めずらしいことじゃないし。本人たちも納得ずくだから問題ないだろう。

そんなことを考えていると、バーンが爆弾を放り込んできた。

「そうか？　俺はアリウスとソフィアの方が似合うと思うが。なあ、アリウスもそう思うだろう？」

バーンの発言に周りの女子たちが騒めく。

「え……それって、もしかして略奪愛ですの？」

「まさか……アリウス様とソフィア様が……そんな！」

「でもでも……確か学食で、アリウス様がソフィア様にキスしたって噂が……」

「おい、バーン。おまえ、わざと……って訳じゃないか。バーンは脳筋だけど悪い奴じゃないからな。

バーン。誤解されるようなことを言うなよ。俺とソフィアは只の知り合いだからな」

「いや、ソフィアを只の知り合いって言うのは、さすがに酷いだろう。なあ、親友。俺は素直な感想を言っただけだぜ」

そうだよな。只の知り合いって言い方はソフィアに失礼だな。

「まあ、ソフィアのことは友だちだと思っているけど……友だちって言い方は、ちょっと恥ずかしいんだよ」

バーンがニヤリと笑う。

「へー……意外だな」

「バーン、何が意外なんだよ？」

「いや、意外なところがアリウスの弱点なんだって思ってな。友だちって言うのが恥ずかしいって……アリウスにも可愛らしいところがあるんだな」

おい、可愛らしいって……何を言っているんだよ。

だけど周りの女子たちもニマニマしているし。

(((アリウス様って……可愛い！)))

いや、小声で言っても聞こえているからな。

「よし、解った。バーン、これからキッチリ話をつけようか」

「お、おい、アリウス……俺たちは親友だよな？」

バーンの顔が引きつる。このときの俺は最難関(トップクラス)ダンジョンの魔物(エモノ)を見るような目をしていたと思う。

「ああ、バーン。俺たちは宿敵(親友)だったな」

第７章
転生者

Love &
Magic Academy

バーンをどうやって黙らせたかは……ちょっと言えないな。

いや、冗談だって。バーンが勝手に怯えていたけど、俺は何もしていないからな。

父親のダリウスと交渉したおかげで、俺は学院に通いながら自由を手に入れた。

勿論、完全に好き勝手にやって良いほど自由じゃない。

だけど月曜か金曜の授業をサボれば三連休になる。七二時間あれば最難関（トップクラス）ダンジョンの攻略を本格的に進めることができるからな。

「ダンジョン実習の授業で、アリウス君は大活躍したみたいだね」

今日は久しぶりに図書室でノエルと過ごしている。

授業に出る回数は減ったけど。結局座学の授業は詰まらないから、ほとんど本を読んで過ごしている。

読むものがなくなって昼休みに図書室に来たら、ノエルも来ていた。

「私は近くにいなかったから、実際には見ていないけど。悪い人たちをアリウス君がボコボコにしたって凄い噂になっているよ。『転移魔法（テレポート）』や他にも凄い魔法を使ったんだってね」
「またその話か……ノエル、真面（まとも）に信じるなよ。後半の部分は間違っていないけど。俺が戦っているところなんて、エリクたちくらいしか見ていないからな。

まあ、噂を流したのはエリクだから、完全に嘘って訳じゃないけど。脚色し過ぎなんだよ」

噂だと、初めから俺が一人で戦って、派手な魔法で掃除屋（スイーパー）たちを瞬殺したことになっている。『絶対防壁（アブソリュートシールド）』は複合属性第一〇界層魔法だから、派手と言えば派手だし。掃除屋（スイーパー）を倒したのも全部俺だから間違いじゃない。

だけど派手な脚色をした噂には、エリクの悪意を感じるんだよ。

「アリウス君は色々と噂になって、すっかり学院のヒーローだよね。なんか、遠くに行っちゃったみたい。これまでみたいに図書室にもあまり来なくなっちゃったから……私としては寂しいかな」

最後の部分が小声で良く聞き取れなかったけど。雰囲気からノエルが言いたいことは解った。

確かに最近学院ではエリクたちと一緒にいることが多いし。授業に出る回数も減ったから、図書室に来ることも減って。ノエルに会うのは久しぶりだ。

学院に通い始めた頃は、ノエルくらいしか知り合いはいなかったからな。俺の学院生活も結構変わったってことか。

「なあ、ノエル。俺とノエルって友だちだよな」

友だちって言葉を使うのは恥ずかしいけど。何故かノエルに対しては素直に言えた。ノエルならこんなことを言っても、笑わないと解っているからだろう。

だけどノエルの反応は別の意味で予想外だった。

「ふ、ふえええ！　ア、アリウス君、いきなり何を言い出すの！」

ノエルの顔が真っ赤だ。面と向かって友だちと言われるのは恥ずかしいのか。

「ノエル、悪かったな。やっぱり友だちなんて言われると恥ずかしいよな」

「そ、そんなことないよ！　アリウス君が私のことを友だちだって思ってくれて、物凄く嬉しいから！」

ノエルにしてはめずらしく大声で叫ぶ。だけどここは図書室なんだよ。

周りの生徒たちに思いきり睨まれて、ノエルはさらに真っ赤になって蹲る。

「ノエル、少し落ち着こうか」

「もう、アリウス君が悪いんだよ！　こんなに嬉しいことを言われたら、私じゃなくたって叫んじゃうから……」

また後半の部分が良く聞き取れないけど。ノエルが俺のことを友だちだと思ってくれていることは、間違いないみたいだな。

「なあ、ノエル。水曜日の昼休みは、図書室に来ることにするからさ。ここで待ち合わせしないか？」

「え……アリウス君、良いの？」

「良いも何も、俺はノエルに会いたいからな。こんな風に気楽に話ができるのは、ノエルだけだから」

　特に何の話をする訳じゃなくて。互いが読んだ本の話だとか、たまに授業の解らないところを教えてやるとか。

　気の合うクラスメイトとするような会話だけど。本当のクラスメイトと、こんな会話はしないからな。

「や、約束だからね。アリウス君が来なくても、私は毎週絶対に図書室で待っているから！」

「ああ、約束は守るよ。だけど急な用事ができる可能性もあるからな。ノエルも『伝言（メッセージ）』は使えるだろう。お互いに登録しておくか」

　ノエルは魔法に関しては結構優秀で、魔法実技の授業ではBグループだ。

　第一界層魔法の『伝言（メッセージ）』くらい普通に使えることは以前に聞いている。

「え……アリウス君と『伝言（メッセージ）』の登録！　ねえ……アリウス君は他の人とも『伝言（メッセージ）』の登録をしているの？」

「まあ、家族とか知り合いとはな。そう言えば学院の生徒だと、ノエルが初めてだよ」

　エリクとは『伝言（メッセージ）』でやり取りするような関係じゃないし。『伝言（メッセージ）』に登録すると、何となく無理難題を押し付けられる気がするんだよ。

それに貴族に『伝言（メッセージ）』で連絡を取る習慣はない。証拠が残るからという意味もあって、伝統的な蜜蝋（みつろう）で封をした書簡でのやり取りが一般的なんだよ。

なんてことを考えていると……

「わ、私がアリウス君の初めて……」

ノエルが小声で何か呟きながら、沸騰しそうなくらい真っ赤になっていた。

「おい、ノエル。大丈夫か。熱でもあるんじゃないのか？」

「だ、だ、大丈夫だから……」

いや、全然大丈夫には見えないけど。


ノエルが落ち着くのを待ってから、俺たちは図書室を後にした。

とりあえず熱は下がったみたいだから、心配はないだろう。

念のためにノエルを教室まで送って行ったら、噂のせいか女子からいつもより熱い視線を向けられる。

男子の嫉妬の視線も多い気がする。

まあ、他人がどう思おうと、俺には関係ないけど。

「ねえ、アリウス。ちょっと付き合ってくれない？」

授業が終わって教室を出て行こうとすると。何故かミリアが待ち構えていた。

この後の俺の予定は当然、最難関（トップクラス）ダンジョン『太古の神々の砦』の攻略だけど。ミリアの有無を言わせない雰囲気に、断る気にはならなかった。

無言のミリアについて行って、学院の敷地の外に出る。

ミリアに連れて行かれたのは、繁華街の奥まったところにある古ぼけた喫茶店（カフェ）だ。

「私はミルクティ。アリウスは？」

「俺はコーヒーで」

他に客のいない狭い店内には、店主と思われる渋い感じの老人がいるだけだ。

注文した後もミリアは無言で。飲み物が来て店主がカウンターに戻ってから、ようやく口を開く。

「ねえ、アリウス。もしこれから私が言うことを、訳が解らないと思ったら直ぐに言って……ああ、こんな前置きをしても無意味よね。貴方が惚（とぼ）けるかも知れないから」

「すでに何を言いたいのか、訳が解らないけどな」

軽口を言うとミリアに睨まれる。

「単刀直入に言うわ……アリウス、貴方は私と同じ転生者よね？」

本当に単刀直入だな。まあ、別に驚いたりはしないけど。

ミリアが転生者である可能性は考えていた。発言や態度とか、ミリアは他の誰よりも明らかにゲームと違うからな。

「ああ、そうだよ。俺は転生者だ」

「やっぱり……ゲームのアリウスと完全に別人だし。ダンジョン実習のときもそうだけど、普段の授業のときからアリウスの強さは異常だって思っていたのよね。

でも簡単に認めるのね。もしかして隠すつもりはないってこと？」

「面倒なことになりそうだから、わざわざ自分から宣伝するつもりはないけど。バレたらバレたで構わないよ。

俺たち以外にもこの世界には転生者はいるみたいだけど。そいつらが魔女狩りみたいな目にあった訳じゃないからな」

「え……どういうことよ？」

まあ、ミリアが驚くのは仕方ない。俺は王国宰相の息子だから勝手に情報が入って来るし。俺自身も伝手を使って世界中の情報を集めている。

それに比べてミリアは『恋学（コイガク）』の主人公（ヒロイン）だけど、所詮は普通の学生だからな。一般人レベルの情報しか入って来ないだろう。

ロナウディア王国に俺たち以外の転生者がいるって話は聞かないからな。他の転生者の存在を知らなくても仕方ない。

「俺自身で調べた情報だから間違いない。稀にだけど、この世界には他にも転生者はいるし、意外と普通に受け入れられている。俺が転生者だってことも、両親や親しい人間にはバレているからな」

　直接訊いた訳じゃないけど。ダリウスとレイアは俺が転生者だと気づいている。その上で普通に自分の子供として接してくれているんだよな。

　それにグレイとセレナが気づいているのも、間違いないだろう。二人が俺のことを子供扱いしなかったのはそのせいだ。

「だから、隠す必要はないって言いたいの？」

「いや、そうじゃないよ。転生者が持っている知識や力を、利用しようとする奴はいるだろうし。異端扱いや差別される可能性もある。
だからバレないに越したことはない。特に学院や王都の奴らは、どんな反応をするか予想できないからな」

　学院があるロナウディア王国の王都周辺だけが、『恋学（コイガク）』の世界がある閉ざされた箱庭だ。

「ここだけが『恋学（コイガク）』の世界で、王都の外には別の世界が広がっている。ああ、ミリアは王国の田舎街の出身だよな。たぶんミリアの故郷も『恋学（コイガク）』の外の世界にあるんじゃないか。王都に来てから、何か違和感を感じないか？」

　ミリアは俺が説明したことを理解しようと考え込む。

　たぶん心当たりがあるんだろう。

「だけどダンジョン実習のときの事件とか、ゲームのイベントにはなかったわよね。暗殺なんて『恋学（コイガク）』の世界観に合わないし」

王都が『恋学（コイガク）』の閉ざされた世界なら、なんでゲームと違うことが起きるのかって言いたいみたいだな。

「ここはゲームじゃなくてリアルだからな。『恋学（コイガク）』の世界に干渉する奴がいたって不思議じゃないだろう。俺に言わせれば、むしろ『恋愛脳』な奴ばかりの学院生活が成立する方が不自然だからな」

王侯貴族の子供が通う学院に、権力やしがらみが関係しない筈（はず）がない。

まあ、俺としては『恋愛脳』な奴らの相手をするより全然マシだけど。

「その『恋愛脳』って言い方……もしかしてアリウスは『恋学（コイガク）』を馬鹿にしている？　ちょっとムカつくんだけど」

「ミリア、悪いけど俺は乙女ゲーには興味ないんだよ。だからアリウスに転生してからも、強くなることだけを考えて来たんだ」

「ふーん……だから異常に強いんだ」

「アリウスのスペックが元々高いってのもあるけどな。『恋学（コイガク）』の攻略対象は無駄にステータスが高いからさ」

「確かにそうね。アリウスがバリバリに鍛えたら強くなるのも当然か。でもゲームのアリウスは眼鏡男子で寡黙な草食系だったのに。一応、眼鏡は掛けているけど。完全にキャラが崩壊してるじゃない」

「そんなことを言ったら、ミリアも同じだろう。全然『恋学(コイガク)』の主人公(ヒロイン)をしていないし」

「それは……誰のせいだと思ってるのよ！」

いきなり文句を言われる。まあ、心当たりはあるけど。

「俺はダンジョン実習で派手にやったからな。他に転生者がいるなら、さすがにバレていると思っていたけど。まあ、俺はミリアが転生者だって、バラすつもりはないから安心しろよ」

「……どういう意味よ？」

「ミリアは俺が転生者だと気づいて、俺の言動から自分が転生者だってこともバレていると思ったんだよな。だから口止めするために、俺を呼び出したんだろう？　だけど俺にそのつもりはないからな。転生者だろうとなかろうと、目の前にいるおまえがこの世界のミリアだ。

そして俺はこの世界のミリアが嫌いじゃないんだ。だから下手な干渉をして、ミリアの世界を壊すつもりはないってことだよ」

「私がアリウスは転生者だって、みんなにバラしたとしても？」

「俺はミリアがそんなことする奴じゃないって思っているよ」

即答したら、また睨まれた。だけど俺は本当にそう思っているからな。

「まあ、仮定の話として。万が一、俺が転生者だとミリアがバラしたとしても、俺は特に何もしないかな。

さっき話したけど、俺が転生者だってことは、両親や親しい人間にはバレているし。転生者だからと態度を変えるような奴とは、その程度の関係だからな。

それに冒険者の俺なら、この世界のどこでも生きて行けるし。バレたせいで王国を追い出されても問題ないよ」

本当にあり得ない話だけど。自分が転生者だとバレないために、ミリアが俺を生贄(スケープゴート)にしても、恨むつもりはない。俺が転生者なのは事実だからな。

「なんか……やっぱり、アリウスはムカつくわね。全部見透かしたような顔で、私のことを簡単に信じたり。転生者だとバラしても気にしないとか……でも全然解っていないじゃない！」

ミリアは頬を膨らませて横を向く。

「私が聞きたいのは、そんな言葉じゃないわ。ううん……聞きたいんじゃなくて、言いたかったのよ。

『恋学(コイガク)』の世界に転生して、みんなをキャラだと決めつけて。ミリアを演じていた私に、アリウスが言ってくれたことが……私を変えてくれたの」

ミリアは不機嫌な顔でゆっくりと話す。

「ダンジョン実習の事件のときも、私たちを巻き込もうと企んだのはエリク殿下よね？

アリウスは関係ないのに、最後まで守ってくれたわ。

そんな貴方に、その……お礼と、私も転生者だってことを伝えたかったのよ。アリウスは一人じゃないって……

だけど他にも転生者がいるなんて、色々考えていた私が馬鹿みたいじゃない！」

ああ、そういうことか。

俺が勝手なことを言ったばかりに、ミリアに余計なことまで喋(しゃべ)らせたみたいだな。

「そう思ってくれるだけで、俺には十分だよ。ありがとう、ミリア」

「だから、そういうところがムカつくのよ！」

ミリアの顔が赤い。まあ、お互い恥ずかしいことを言ったからな。

だけど本当のことを言うと、少し疑問が残っている。ミリアが俺の前世について訊かなかったことだ。

まあ、自分の前世のことを言いたくないから、俺のことも訊かなかったのかも知れない。単純に詮索するのが好きじゃないのかも知れない。

理由は解らないけど、無理に訊くつもりはないし。俺もミリアの前世を詮索したりしない。

ミリアが言いたくなったときに、言えば良いだけの話だからな。

ステータス

アリウス・ジルベルト　一五歳
レベル：１８５２
ＨＰ：１９３５３
ＭＰ：２９５５８
ＳＴＲ：７４２８
ＤＥＦ：７４２４
ＩＮＴ：８３５６
ＲＥＳ：７８８６
ＤＥＸ：７４２５
ＡＧＩ：７４２８

あとがき

『恋愛魔法学院』第一巻を手に取ってくれた皆さん、ありがとうございます。はじめまして、作者の岡村豊蔵です。自分が書いた作品が書籍化されるなんて、全然想像していませんでした。いや、マジで。声を掛けてくれたマイクロマガジン社さんに感謝です。

『恋愛魔法学院』ウェブ版の第一話を最初に書いたのが二〇二二年の五月。そこから何度も書き直して、ウェブ版の連載を始めたのが同年の十月。連載開始から十五ヶ月で、この本を出版することができました。

書籍化に向けて色々とアイデアを出してくれた編集さん、私のキャラクターイメージを余裕で超えるデザインをしてくれたイラストレーターのParum先生、本当にありがとうございます。特にミリアとマルスのデザインにはやられました……マジで、神か！

『恋愛魔法学院』は乙女ゲームの世界に、攻略対象の一人アリウスとして転生した主人公が、恋愛要素を無視して最強を目指す話ですが。ウェブ版ではアリウスがヒロインたちを助けたことで、恋愛フラグが立ちまくって。中盤以降はタイトル詐欺って、自分でも思うような展開です。

それでも読み続けてくれたウェブ版の読者の皆さんには、本当に感謝していますが。その反省を生かして、書籍版のアリウスにはキッチリ恋愛要素を無視して、ストイックに最強を目指して貰おうと思います。それでは次巻も、よろしくお願いします！

恋愛魔法学院　GC NOVELS

ヒロインも悪役令嬢も関係ない。俺は乙女ゲー世界で最強を目指す［1］

2024年1月5日　初版発行

著者　岡村豊蔵
イラスト　Parum

発行人　子安喜美子
編集　川口祐清／高橋美佳
装丁　AFTERGLOW
印刷所　株式会社平河工業社
発行　株式会社マイクロマガジン社
URL:https://micromagazine.co.jp/

〒104-0041
東京都中央区新富1-3-7　ヨドコウビル
TEL 03-3206-1641 FAX 03-3551-1208（販売部）
TEL 03-3551-9563 FAX 03-3551-9565（編集部）

ISBN978-4-86716-513-3 C0093

本書は小説投稿サイト「小説家になろう」(https://syosetu.com/)に掲載されていたものを、加筆の上書籍化したものです。

ファンレター、作品のご感想をお待ちしています!

宛先　〒104-0041　東京都中央区新富1-3-7　ヨドコウビル
株式会社マイクロマガジン社　GCノベルズ編集部　「岡村豊蔵先生」係「Parum先生」係

アンケートのお願い

二次元コードまたはURL(https://micromagazine.co.jp/me/)をご利用の上
本書に関するアンケートにご協力ください。

■アンケートにご協力いただいた全員に、書き下ろしSSをプレゼント!
■スマートフォンにも対応しています(一部対応していない機種もあります)。
■サイトへのアクセス、登録・メール送信の際にかかる通信費はご負担ください。

死亡エンド!?
好評発売中!
B6判/定価1,320円(本体1,200円+税10%)

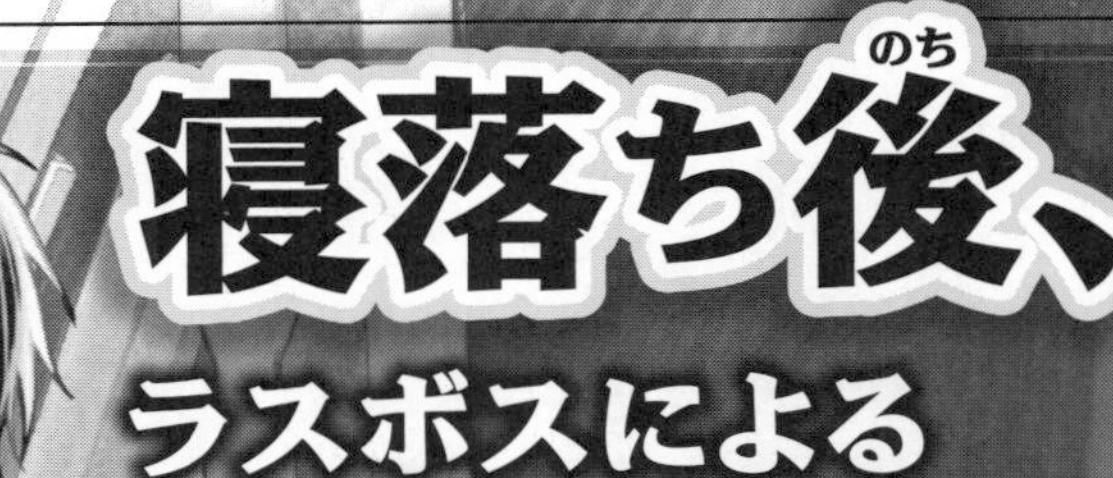

ラスボスによる
原作下剋上譚、
開幕！

GC NOVELS

かませ犬から始める天下統一 1

人類最高峰のラスボスを演じて原作ブレイク

Yayoi Rei
弥生零

Illustration
狂zip

GC NOVELS

独身貴族は異世界を謳歌する

~結婚しない男の優雅なおひとりさまライフ~

鍊金王

ill.三登いつき

結婚しない男、異世界へ!

自らの意思で独身を貫き孤独死した男、独楽場利徳は、その生き様を気に入った異世界の神「独神」によって、彼の管理する異世界へ転生することとなった。数々のチート能力を持ったイケメン貴族ジルク=ルーレンとして生まれ変わった彼は、魔道具師としての名声を欲しいままにするのだが——?

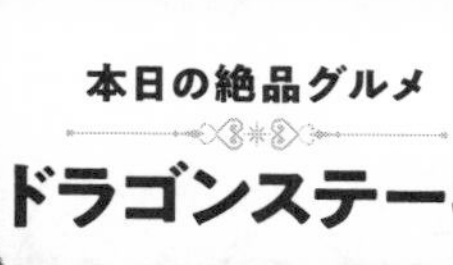
本日の絶品グルメ
ドラゴンステーキ

でっかくなった相棒(あいけん)と
異世界のんびりスローライフ。
GC NOVELS
異世界転移したら愛犬が最強になりました
My beloved dog is the strongest in another world.
シルバーフェンリルと俺が異世界暮らしを始めたら
龍央 Ryuuou イラスト／りりんら Ririnra
①～④巻好評発売中!!
異世界転移したら愛犬が最強になりました
シルバーフェンリルと俺が異世界暮らしを始めたら
1
龍央
イラスト りりんら

「美人でお金持ちの彼女が欲しい」と言ったら、ワケあり女子がやってきた件。
モンスターの肉を食っていたら王位に就いた件
クラスメイトの元アイドルが、とにかく挙動不審なんです。
恋も青春も、ファンタジーも。
GCN文庫
最新情報はコチラ
https://gcnovels.jp/gc
「人斬り」少女、公爵令嬢の護衛になる
放課後の迷宮冒険者
〜日本と異世界を行き来できるようになった僕はレベルアップに勤しみます〜
世界で一番『可愛い』雨宮さん、二番目は俺。
ハブられルーン使いの異世界冒険譚
'23年12月発売!
毎月20日頃発売

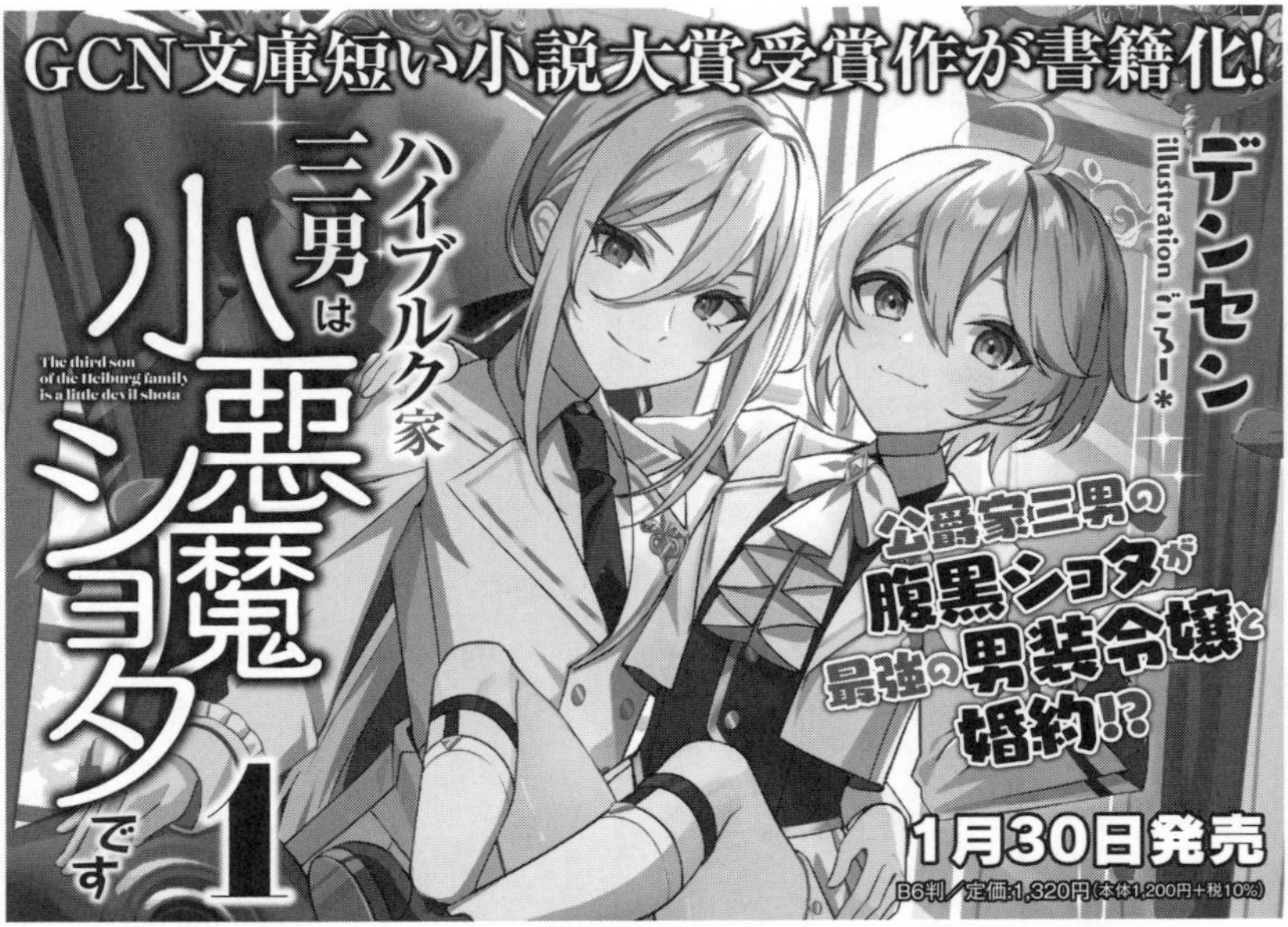

GC NOVELS 話題のウェブ小説、続々刊行！

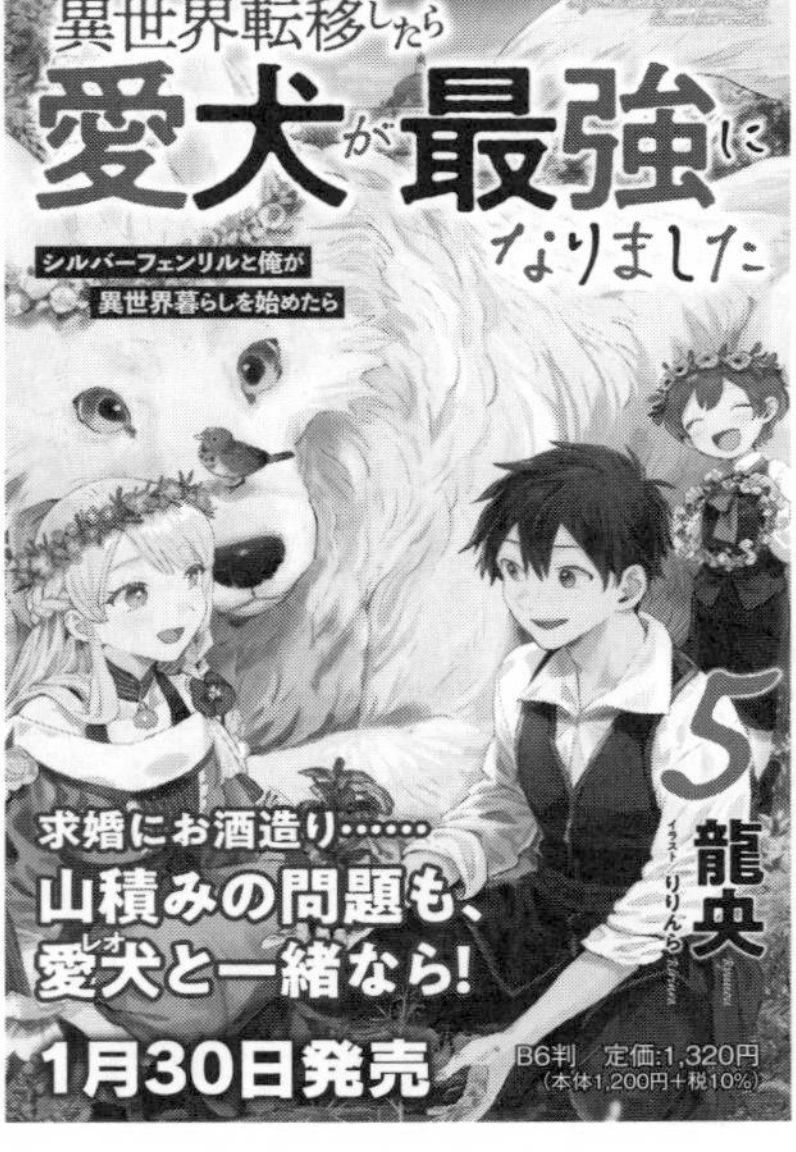

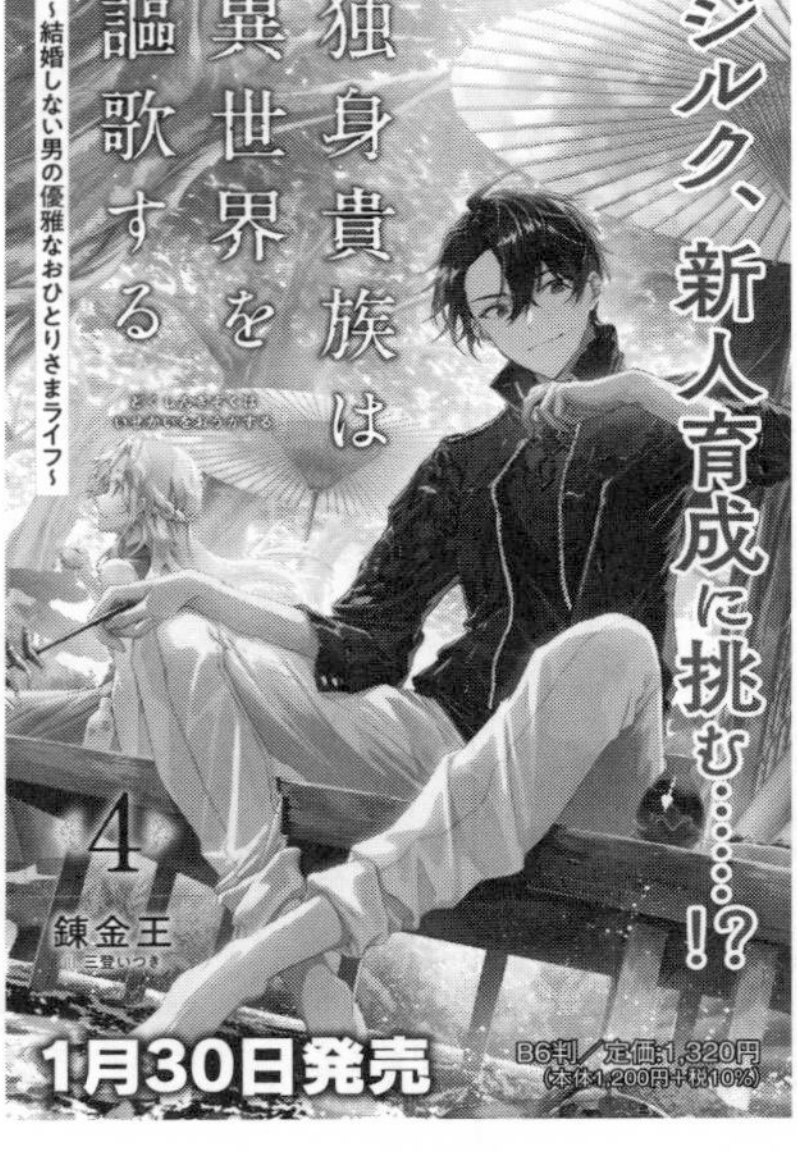